국어 교과서 작품 읽기
중1 시

국어 교과서 작품 읽기: 중1 시

초판 1쇄 발행 • 2010년 4월 30일
개정판 1쇄 발행 • 2012년 11월 20일
개정2판 1쇄 발행 • 2017년 12월 27일
최신 개정판 1쇄 발행 • 2024년 12월 20일
최신 개정판 2쇄 발행 • 2024년 12월 25일

엮은이 • 신미나 최지혜
펴낸이 • 염종선
책임편집 • 구본슬 김도연
조판 • 한향림
펴낸곳 • (주)창비
등록 • 1986년 8월 5일 제85호
주소 • 10881 경기도 파주시 회동길 184
전화 • 031-955-3333
팩스 • 영업 031-955-3399 편집 031-955-3400
홈페이지•www.changbi.com
전자우편•ya@changbi.com

ⓒ (주)창비 2024
ISBN 978-89-364-3143-3 44810
ISBN 978-89-364-3142-6 (전3권)

국어 교과서
작품 읽기

중1 시

신미나 · 최지혜 엮음

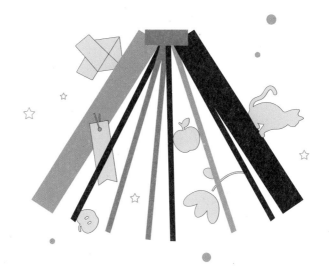

창비

'국어 교과서 작품 읽기' 최신 개정판을 펴내며

국어는 왜 어려울까요? 우리말과 글을 이미 능숙하게 쓰고 있는데도 국어 과목이 너무 어렵다며 푸념을 늘어놓는 아이들을 종종 만납니다. 국어를 배우는 시간을 자신과 세상을 이해하고 성장하는 과정으로 생각해 보면 어떨까요? 국어는 읽고 쓰는 기능뿐 아니라 우리말과 글의 아름다움을 느끼고 가치를 내면화하면서 세상과 소통하는 법을 배우는 과목입니다. 다양한 삶의 모습이 담긴 문학 작품은 인간과 세계를 깊게 이해하는 통로가 되어 주지요. 작품 속 이야기를 거쳐 다시 우리가 발 딛고 있는 현실로 돌아와 앞으로 어떤 삶을 살아갈지 고민하게 된다면, 그것이 바로 성장의 과정이라 할 수 있습니다.

2025년 중학교 1학년부터 적용되는 '2022 개정 교육과정'은 미래 변화에 대응하는 역량을 강조합니다. 디지털 사회로의 전환, 기후 환경의 변화, 출생 인구의 감소 등 우리는 이미 전과 다른 세상을 살고 있습니다. 이런 변화에 발맞추어 새로운 국어 교육과정에서는 디지털·미디어 역량을 기르기 위한 '매체' 영역이 추가되었습니다. 디지털 기기를 활용하는 것에서 그치지 않고, 매체 자료를 비판적으로 이해하고 자신의 생각을 창의적으로 표현하는 것을 목표로 합니다. 이처럼 미래를 잘 맞이하려면 단순히 새로운 기술을 습득하는 것을 넘어, 변화된 환경 속에서 자신의 삶을 주도적으로 살아갈 수 있어야 합니다. 이를 위해서는 나를 둘러싸고 있는 세상을 읽어 낼 수 있는 힘을 갖추어야 하지요. 문해력을 기르는 이유도 단순히 성적을 몇 점 올리기 위해서가 아니라 삶을 가꾸기 위해서입니다.

'국어 교과서 작품 읽기' 최신 개정판에서는 새로 바뀐 중학교 1학년 국어 교과서 10종에 실린 문학 작품을 시, 소설, 수필·비문학 갈래별로 가려 모으고, 다양한 활동을 포함했습니다. 단어의 뜻을 정확히 파악했는지, 중심 내용을 제대로 이해했는지, 앞뒤 맥락을 바탕으로 작품의 의미를 파악했는지 알아보며 문해력을 키울 수 있는 활동입니다. 중학교라는 새로운 터전, 청소년이라는 낯선 시기에 적응하고 있을 학생들이 지레 겁먹지 않도록 중학교 1학년의 눈높이에 맞추어 수록작을 꼽고 도움 글을 실었습니다. 문해력을 단번에 기를 수 있거나 국어 실력이 순식간에 발돋움할 수 있는 마법의 약은 없습니다. 의무감으로 해치워야 할 숙제처럼 서두르지 말고, 즐거운 마음으로 작품을 감상하며 차근차근 기초를 쌓아 가면 좋겠습니다.

시와 만나는 경험은 한 뼘 더 성장하며 세상으로 나아갈 수 있도록 도와줄 거예요. 『국어 교과서 작품 읽기: 중1 시』는 성장의 의미를 담아 총 5부로 구성했습니다. 먼저 1부는 '처음 만나는 시'입니다. 간결하면서도 리듬감이 돋보이는 시를 모았으니 언어가 만들어 내는 음악과 율동을 느껴 보기 바랍니다. 2부 '달리는 시'에서는 깊이 있는 감상을 꾀합니다. 운율, 비유, 상징 등의 개념과 학습 요소를 익히면서 시 읽기에 친숙해질 수 있을 거예요. 이렇듯 좋은 시를 보면 친구에게도 소개하고 싶어지지요. "내 마음 이래! 네 마음은 어때?" 하며 대화도 나누고 싶어지고요. 3부 '너에게 시를 준다면'에서는 우리 마음을 알아주고 친구에게도 소개하고 싶은 시들이 기다립니다. 4부 '세상을 밝히는 시'에서는 시야를 넓혀서 우리 사회를 바라봅니다. 세상을 보는 눈을 기르고 삶의 태도를 생각해 볼 수 있는 작품들을 모았습니다.

교과서에 실린 시라고 해서 딱딱하게 접근할 일만은 아니랍니다. 각 부의 시작에서 신미나 시인의 '들어가는 시'와 그림을 찬찬히 감상하며 가볍게 발걸음을 떼어 볼까요? 각 시를 읽고 나면 따뜻한 도움 글과 재미있는 활동을 만나고, 부 마지막에서는 '문해력 키우기'를 경험할 수 있답니다. 시 읽기는 물론이고 말하기, 쓰기 활동까지 이어지는 흐름입니다.

요즘 우리 사회는 너무나 많은 정보가 쏟아지며 모든 것이 초고속으로 흘러갑니다. 이런 시대에 시를 읽는다는 건 '멈추어 보는' 연습이기도 해요. 시를 읽는 것은 시인의 생각을 깊이 있게 살피는 일이고, 타인의 말과 글에 숨은 맥락을 이해하고 공감하는 일과도 같습니다. 나아가 자기 생각을 정리하여 표현하는 데 어려움을 겪는 학생들에게도 좋은 길잡이가 되어 주지요. 길가의 강아지풀, 하늘을 흐르는 구름, 내 곁에 있는 친구를 천천히 돌아보고 곰곰이 들여다볼까요? 마치 시인처럼요. 시인의 눈으로 멈추어 보고, 읽고, 상상하고, 더러는 쓰다 보면 문학 감상 능력과 함께 따뜻한 마음도 자라날 거예요.

2024년 12월
신미나 최지혜

차례

1부 ◇ 처음 만나는 시

2부 🍎 달리는 시

3부 🌷 너에게 시를 준다면

4부 세상을 밝히는 시

일러두기

1. '2022 개정 교육과정'에 따른 중학교 검정 교과서 10종 『국어』 1-1, 1-2에 수록된 시들 중에서 41편을 가려 뽑고, 교과서 밖의 시 2편을 더해 총 43편을 수록하였습니다.

2. 작품이 수록된 시집이나 전집을 저본으로 삼았습니다.

3. 맞춤법과 띄어쓰기는 현행 표기법을 따르는 것을 원칙으로 하되 지은이의 독특한 어법이나 표현은 살렸습니다.

4. 한자는 모두 한글로 바꾸고 꼭 필요한 경우에만 괄호 안에 넣었습니다.

5. 본문 아래쪽에 낱말 풀이를 달았습니다.

6. 활동의 예시 답안은 창비 홈페이지(www.changbi.com)의 '도서 > 자료실 > 어린이 청소년 자료실'에 있습니다.

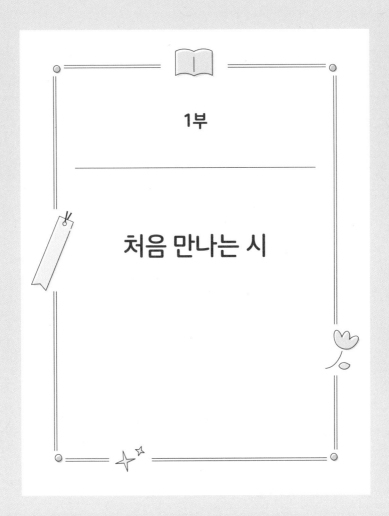

1부

처음 만나는 시

시툰 · 신미나

읽었는데, 읽지 않았습니다

아, 맞다.
해태야!
사흘 뒤에
문해력 시험인데
공부 좀 했니?

4일이나 남았는데
천천히 하지 뭐.

자서전만
읽음

끙···

사흘은
3일이거든요?

아하! 인정!
역시 김잔디
고(高)지식해.
지식이 높구나?

고지식은 그런 뜻이 아닐걸?
그런데 해태야,
너 요새 책 좀
읽지 않았어?

하ー암

몰라, 읽긴 읽었는데
글자만 읽었나 봐.
뜻을 모르겠어.

어떡하냐···.

이런…

난 그냥
국포자가 될까 봐.
검은 것은
글자요
하얀 것은
종이니….

포기하긴 일러!
우리에게
중요한 건
꺾이지 않는
마음 아니겠니?

오앗! 그 고사성어
나도 알아.
중꺾마!
중꺾마!
중요한 건 꺾이지
않는 마음! 맞지?

그… 그건
고사성어가
아니잖아….

그냥 포기하라고
할까….

에고, 너무 걱정 마.
국교작으로 같이
시작해 보자!
잘 가르쳐 줄게.

진짜? 진짜?
잔디 최고!

음... 그럼
지금 네 기분을
표현하는 글부터
시작해 볼까?

그래, 해 보지 뭐.
난 천상계 영물이니까
진지한 궁서체로
써 봐야지!

읽었는데 읽지 않았노라

해태

심심한 사과를 지루한 사과로
금일을 금요일로 알았다오

글자를 읽어도 뜻을 알지 못하니
검은 것은 글자요, 흰 것은 종이라

얄리얄리 얄라셩 얄리리얄라
도대체 이것이 무슨 소린고?

얄리얄리 얄라셩 얄라리얄라
답답한 내 심정, 누가 알리오?

반복을 넣어
리듬 좀 살렸지!
훗, 장원급제
감인가?

산 샘물

권태응

바위 틈새 속에서
쉬지 않고 송송송.

맑은 물이 고여선
넘쳐흘러 졸졸졸.

푸고 푸고 다 퍼도
끊임없이 송송송.

푸다 말고 놔두면
다시 고여 졸졸졸.

산속에 고요한 샘물이 있어요. 맑은 물이 바위 틈새에서 쉬지 않고 솟아 나옵니다. 누군가 푸는 사람이 있어도 끊임없이 나오고, 푸다 말고 놔두어도 다시 고여 흘러요.

흐르는 샘물을 가만히 떠올리니 내 마음도 이랬으면, 하는 소망이 싹틉니다. 곱고 깨끗한 마음이 이렇게 "송송송" 피어나고 "졸졸졸" 넘쳐흘렀으면 하고요. 누군가 다가오면 아낌없이 줄 수 있고, 언제나 다시 채워지는 마음이었으면 하고요.

나의 한 줄 평 ....

....

🖐 **활동**

"송송송", "졸졸졸" 같은 음성 상징어를 활용하면 시에서 생동감이 느껴진답니다. 음악성도 살아나지요. 오늘 여러분이 만난 풍경을 음성 상징어를 활용하여 표현해 볼까요?

봄비

심
후
섭

해님만큼이나
큰 은혜로
내리는 교향악

이 세상
모든 것이 다
악기가 된다.

달빛 내리던 지붕은
두둑 두드둑
큰북이 되고

아기 손 씻던
세숫대야 바닥은

도당도당 도당당

* **교향악** 관악기, 타악기, 현악기 등으로 함께 연주하는 음악을 통틀어 이르는 말.

작은북이 된다.

앞마을 냇가에선
퐁퐁 포옹 퐁
뒷마을 연못에선
풍풍 푸웅 풍

외양간 엄마 소도 함께
댕그랑 댕그랑

엄마 치마 주름처럼
산들 나부끼며
왈츠
봄의 왈츠
하루 종일 연주한다.

우리는 평소 고요한 시간을 갖기 힘들지요. 혼자 있는 순간마저도 전자기기와 가까이 있으니 음악이나 영상, 게임 소리가 그치지 않습니다.

어느 비 오는 날에는 가만히 빗소리에 귀 기울여 보면 어떨까요. 새로운 발견을 할지도 몰라요. 비는 내리면서 무언가를 두드리지요. 이 시에서 "지붕"은 "큰북"이 되고, "세숫대야"가 "작은북"이 됩니다. "엄마 소"가 달고 있는 방울도 비와 부딪혀 소리를 내요.

이 시의 배경은 세숫대야가 마당에 놓여 있고, 외양간에는 소가 있는 곳이에요. 시 속의 풍경을 가만히 떠올려 보세요. 배경 음악은 살랑살랑 잔잔한 "왈츠"인데요! 여러분이 있는 곳에 내리는 비는 어떤 음악이 될까요?

나의 한 줄 평 ....

....

활동

자신이 들었던 빗소리를 음악으로 표현해 볼까요. 음악의 장르로 표현해도 좋고, 악기 소리 중 하나로 표현해도 좋아요.

봄비

서
장
원

봄나들이 나왔다
사랑꾼 걸음마
잎새에 앉아 풀 향기에 갸우뚱

하늘 눈치를 본다

감상 길잡이

「봄비」를 읽으니 비가 걸어 다니는 것 같아요. 이 시의 비는 다리로 걷고, 엉덩이를 대어 앉고, 고개를 갸우뚱하기도 해요. 시의 세계에서는 몸이 없는 것에도 몸을 줄 수 있답니다. 나무도, 구름도, 연필도, 가방도 몸을 가질 수 있어요. 중요한 건 그 몸으로 무엇을 하느냐겠지요.

봄비는 나들이하며 "사랑꾼 걸음마"를 걷습니다. "잎새에 앉아 풀 향기"도 맡아 보아요. 평온한 산책 풍경이 떠오르지요. 그런데 2연에서는 무슨 일인지 갑자기 "하늘 눈치를 본다"고 했어요. 이 부분은 어떻게 해석할 수 있을까요? 비가 하늘을 올려다보며 자신이 언제쯤 그칠지 궁금해하는 것일 수도 있고, 아이가 부모 눈치를 보듯 하늘을 살피는 것일 수도 있겠습니다. 여러분은 어떻게 읽었나요? 자유롭게 생각해 보세요.

나 의 한 줄 평 ....

....

 활동

「봄비」에는 "사랑꾼 걸음마"라는 표현이 나와요. 어떤 걸음이 사랑꾼이라는 표현에 걸맞을까요? 여러분의 생각을 알려 주세요.

후후후

아가야
내 이름은 민들레야
지난겨울 너의 모자 끝에
달려 있던 털방울 같지

작은 입술 뽀뽀하듯 내밀고
후후후 입김 부는 아가야

봄바람 같은 너의 숨결에
나는 세상에서 제일 작은
낙하산 되어 날아가지

멋지게 착륙하여 내년에 다시
널 만나러 올게

그때는 너의 숨결도 좀 더
힘차고 따뜻하게 자라 있을 테지

내년 봄에는 후후
두 번만 불어도
나는 날아갈 테지

올해는 후후후
내년엔 후후

가까이 가서 후 하고 불면 날아가는 작은 솜털, 여러분도 민들레 홀씨를 불어 본 적이 있나요? 민들레 홀씨의 꽃말은 이별이라고 해요. 부는 순간 뿔뿔이 흩어지니까요. 하지만 홀씨를 불 때면 쓸쓸함보다는 응원하는 마음이 되곤 합니다. '좋은 데 가서 잘 자라렴.' 하고 속으로 말을 걸어 보기도 하지요. 이 시에서는 홀씨가 오히려 사람을 응원합니다. 아기에게 다정한 말을 건네면서요. 아기의 입김에 "세상에서 제일 작은 / 낙하산 되어 날아가지"라고 말하는 민들레 홀씨는 아기와 다시 만날 날을 기약해요. 그때는 "후후후" 세 번이 아니라 "후후" 두 번이면 될 거라고요. "힘차고 따뜻하게 자라 있"으라고요. 아이의 성장을 입김의 횟수로 개성 있게 표현한 점이 재미있습니다. 어느 곳에서나 꼿꼿하게 자라는 민들레의 응원이 아이에게 닿으리라 생각하니 흐뭇해집니다.

나의 한 줄 평 ....

....

💙 **활동**

좋아하는 꽃의 꽃말을 찾아볼까요? 그 꽃이 나를 응원해 준다면 뭐라고 할 것 같나요?

나비잠

김유진

갓난아기
두 팔 올려 자는
나비잠

두 날개 활짝 펼친
나비 닮아
나비잠

이불 위에 종일
누워서도
꿈 밭에서는 폴랑폴랑
날아다니는
나비잠

애벌레가 나비 되듯
자고 나면
쑥쑥 크는
나비잠

감상 길잡이

　갓난아기가 자는 모습을 "나비잠"이라고 표현한 이유는 두 팔을 올리고 자기 때문이에요. 그 모습이 마치 나비가 두 날개를 활짝 펼친 모양을 닮았거든요. 그런데 나비잠이라는 말의 뜻은 다르게 풀어 볼 수도 있답니다. 아기의 고운 모습 위에 나비가 잠깐 앉았다 갈 것만 같기도 하고, 아기의 보드랍고 순한 숨소리는 나비의 여린 날갯짓 같기도 하지요. "나비 닮아/나비잠"이라는 표현을 보면서 내 잠은 어떤 모양을 닮았을까 상상해 봅시다. 무엇을 닮은 어떤 잠일까요? 어떤 꿈을 꾸는 모양일까요.

　　　　　나의 한 줄 평 ⋯⋯⋯⋯⋯⋯⋯⋯⋯⋯⋯⋯⋯⋯⋯⋯

⋯⋯⋯⋯⋯⋯⋯⋯⋯⋯⋯⋯⋯⋯⋯⋯⋯⋯⋯⋯⋯⋯⋯⋯⋯⋯⋯⋯

 활동

"나비잠" 말고도 잠과 관련된 우리말이 더 있답니다. 다음 단어의 뜻을 알아볼까요?

- 노루잠
- 새우잠
- 말뚝잠

콩, 너는 죽었다

김
용
택

콩 타작을 하였다
콩들이 마당으로 콩콩 뛰어나와
또르르 또르르 굴러간다
콩 잡아라 콩 잡아라
굴러가는 저 콩 잡아라
콩 잡으러 가는데
어, 어, 저 콩 좀 봐라
쥐구멍으로 쏙 들어가네

콩, 너는 죽었다

감상 길잡이

　"콩 타작"이란 추수해서 마당에 널어놓은 콩을 두드려서 알맹이를 얻는 과정이랍니다. 이것으로 미루어 보아 시의 배경이 가을날의 어느 농촌 마을이라는 걸 추측할 수 있지요. 마른 콩을 막대기로 두드리면 껍질 속에서 작고 둥근 콩이 튀어나와 또르르 또르르 굴러가게 마련입니다. 이때 "콩 잡아라 콩 잡아라" 하며 누군가 콩을 쫓아요. 그런데 마음처럼 잘되지 않았나 봐요. "어, 어, 저 콩 좀 봐라" 하는 걸 보면요. 콩을 놓치고 바라보면서 말하고 있네요. 콩이 사라진 곳은 하필 "쥐구멍"이에요. 쥐가 오가는 곳 말이지요. 쥐구멍으로 들어간 콩의 운명은 어떻게 될까요? 이때 들려오는 말, "콩, 너는 죽었다". 꼼짝 못 하고 잡혀 버린 콩의 상황을 익살스럽게 표현했어요.

나 의 한 줄 평　----------------------------------

✋ 활동

시인이 "콩, 너는 죽었다"만 따로 떼어 하나의 연으로 구성한 이유에 대해 이야기해 봅시다.

석류 이야기

이
문
자

살랑살랑 봄바람
잎이 돋고 꽃이 피고

꽃 속에 숨죽인
아기 별님들

긴 여름 꿈꾸며
잘 자랐네

갈볕이
소곤소곤

갈바람이
똑똑

살며시 문 열고
수줍음쟁이

빼꼼 내다보네
부끄럼쟁이

시에 낯선 단어가 나오면 사전을 찾아보곤 합니다. "갈볕"이라는 단어를 검색해 보니 국어사전에 없는 단어였어요. 다음 연의 "갈바람"이 가을바람의 줄임말이라는 걸 보고 "갈볕"은 가을볕의 줄임말이구나, 추측할 수 있었습니다. 시에서는 이렇게 맞춤법에 어긋난 표현을 일부러 사용하기도 해요. 이런 걸 '시적 허용'이라고 합니다. 봄에는 잎이 돋고 꽃이 피었다가 여름에는 꿈꾸며 자라나 가을에 영그는 석류. 석류꽃 안에 숨어 있던 "아기 별님들"이 가을의 속삭임과 노크에 살며시 문을 여네요. 석류가 익어 벌어지면 수줍은 듯이 붉고 생기 있는 수많은 알갱이들이 보이기 시작한답니다. 빼꼼 얼굴을 보이는 석류 열매를 만나면 반갑게 여겨 주세요.

나의 한 줄 평 ┄┄┄┄┄┄┄┄┄┄┄┄┄┄┄┄┄┄┄┄┄┄┄┄┄┄┄┄┄┄┄

┄┄┄

🖐 **활동**

'—쟁이'라는 접미사는 명사 뒤에 붙어 어떤 성질이나 모양을 많이 가진 사람이라는 뜻을 더하지요. 시인이 석류를 "수줍음쟁이", "부끄럼쟁이"라고 한 것처럼 과일을 하나 골라 별명을 만들어 볼까요?

반딧불

윤동주

가자, 가자, 가자,
숲으로 가자.
달 조각을 주우러
숲으로 가자.

그믐밤 반딧불은
부서진 달 조각

가자, 가자, 가자,
숲으로 가자.
달 조각을 주우러
숲으로 가자.

윤동주 시인은 일본에 나라를 빼앗긴 상황에서도 따뜻한 마음을 잃지 않았던 시인입니다. 「반딧불」은 윤동주의 동시로, "가자"라는 말이 반복되면서 함께 가자는 명랑하고도 긍정적인 부름으로 시작하지요. 어디로 가는가 하니, 바로 숲이에요. 독특하게도 숲에서 "달 조각"을 줍는다고 하네요. 그믐이라는 말은 '사그라들다'의 옛말인 '그믈다'에서 나왔대요. 그믐밤 달이 사그라드는 건 바로 스스로를 조각 내어 반딧불로 세상에 보냈기 때문이었군요. 그러니 숲에 가서 줍기로 한 것은 그저 반딧불이 아니라 귀한 달 조각이고요. 하늘에서 내려온 빛, 그걸 주우러 가는 거랍니다. 그믐밤의 어둠 속이기에 더욱 환하게 빛날 고귀함이랍니다.

나의 한 줄 평 ....

....

활동

'그믐달'은 어떤 모습의 달일까요? '그믈다'를 통해 유추해 보세요.

살 만한 것

최
대
호

"요즘 살 만한 거 뭐 있어?"

"살 만한 거? 인생."

'살 만하다'라는 말에는 두 가지 의미가 있습니다. 어떠한 말이 두 가지 이상의 뜻으로 해석될 수 있는 현상을 '중의성'이라고 한답니다. 시인은 이 시에서 중의성을 살려 '물건 살 만한 게 있냐?'라는 질문에 '우리 인생이 살아 볼 만하다.'라는 위로를 건넵니다. 무겁지 않은, 유쾌한 응원이지요. 시가 일상적인 대화로 이루어진 점도 흥미롭습니다. 최대호 시인은 SNS를 통해 알려졌습니다. 짧은 시를 올려 특유의 재치와 솔직 담백함으로 구독자들의 공감을 얻었지요. 매일 SNS에 쓰는 글도 작품이 될 수 있어요. 무심코 주고받은 대화, 눈앞에 펼쳐진 풍경, 지나가던 생각 모두 시의 씨앗이 될 수 있습니다.

나 의 한 줄 평 ....

....

💜 **활동**

최근 주변 사람과 주고받은 대화 중 하나를 떠올려 시로 써 볼까요?

유성

오
세
영

밤하늘은
별들의 운동장
오늘따라 별들 부산하게 바자닌다.
운동회를 벌였나
아득히 들리는 함성,
먼 곳에서 아슴푸레 빈 우레 소리 들리더니
빗나간 야구공 하나
쨍그랑
유리창을 깨고
또르르 지구로 떨어져 구른다.

* **바자니다** '바장이다'의 옛말. 부질없이 짧은 거리를 오락가락 거닐다.
* **아슴푸레** 빛이 약하거나 멀어서 조금 어둑하고 희미한 모양.
* **우레** 벼락이나 번개가 칠 때에 대기가 요란하게 울림. 또는 그런 소리.

1부 · 처음 만나는 시

밤하늘의 모습을 떠올리며 시를 읽어 보세요. 고요한 밤하늘이 아니라 별들로 북적이는 하늘을요. 학교도 체육대회 날만큼은 무척 흥겹고 소란스럽지요? 별들의 운동회도 북적북적해요. 이 시에서는 '바자니다'라는 옛말을 써서 왔다갔다하며 바삐 움직인다는 의미를 전달했네요. 아득히 먼 곳에서 함성 소리와 빈 우레 소리도 들려옵니다. 소리까지 더해지니 더욱 생생한 느낌이에요. 그런데 운동회 중이던 수많은 별들 중 하나가 "빗나간 야구공"처럼 지구로 떨어져 구른대요. 이 별의 정체가 바로 별똥별, 즉 시의 제목인 '유성'이지요.

'밤하늘에서 유성이 떨어졌다.'라고 하지 않고 '별들의 운동장에서 야구공 하나 떨어져 구른다.'라고 한 점이 재미있습니다. 이처럼 시에서는 대상을 직접 드러내지 않고 다른 대상에 빗대어 표현할 때가 있어요. 밤하늘을 "별들의 운동장"으로, 유성을 "빗나간 야구공"으로 나타내는 이런 표현을 '비유'라고 하지요.

나의 한 줄 평 ······························

···

🖐️ **활동**

유성이 떨어질 때 소원을 빌면 이루어진다는 말이 있어요. 살다 보면 언젠가 또르르 지구로 떨어지는 별을 목격할지도 모르는 일. 그 순간을 위해 소원 하나 떠올려 볼까요?

시어와 친해지기

　1부에서는 음성 상징어의 사용으로 음악성이 두드러지는 작품이 두루 눈에 띄네요. 음성 상징어는 모양을 표현한 의태어, 소리를 표현한 의성어를 함께 이르는 말입니다. 이러한 단어를 시에 쓰면 보다 구체적이고 감각적인 표현이 가능하지요. 시를 다시 읽으면서 음성 상징어가 어떻게 쓰였는지 살펴볼까요. 시어의 생생한 감각을 함께 느껴 보면서요.

심후섭 시 「봄비」를 다시 읽어 보고, 시에 등장하는 의성어가 어떻게 쓰였는지 알아봅시다.

1. 다음 의성어의 의미를 사전에서 찾아보세요.

퐁퐁:
....
댕그랑:
....

2. '댕그랑 댕그랑'을 '땡그랑 땡그랑'으로 바꾸면 어떤 느낌이 드는지 이야기해 보세요.

3. '퐁퐁'은 의성어로도 의태어로도 쓰입니다. '퐁퐁'을 활용해 짧은 글짓기를 해 보세요.

★ 활동 2

「후후후」를 다시 읽어 보세요. 이번에도 음성 상징어를 위주로 살펴볼까요?

1. 시 전체의 내용을 바탕으로 '후후후'와 '후후'의 차이를 설명해 보세요.

2. 글자 수에 따른 의미 변화를 활용해 음성 상징어를 활용한 짧은 글짓기를 해 보세요.

예: 호, 호호, 호호호 / 콩, 콩콩, 콩콩콩 등

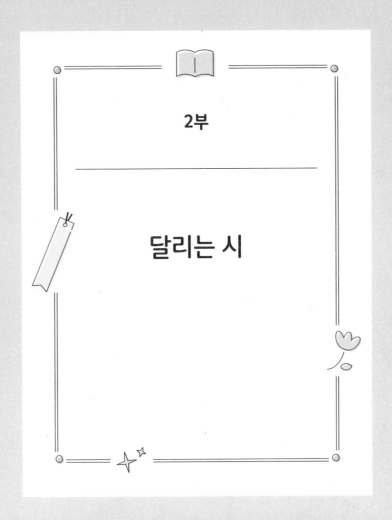

2부

달리는 시

들
어
가
는

시

너는 나의 표현법

난 네가 좋아
민트초코아이스크림처럼 좋아
빙빙 돌려 말하지 않고
직진하는 직유법

난 네가 사랑스러워
어머나! 아아, 아유, 와우!
어쩌나? 너만 보면
자꾸 감탄사가 나오니!

넌 나의 마시멜로
말랑하고 달콤한 은유야
너의 오동통한 뱃살을 만지며
하루 종일 놀고 싶어

너랑 함께 있으면
바람이 휘파람을 불고 나뭇잎도 춤을 춰
세상이 소곤소곤 말을 걸어 와

좋아한다는 건 너를 상상하는 것
너라는 한 편의 시를 써 보는 것

맨드라미

김선우

쭈글쭈글 닭 벼슬 같아
거인의 혓바닥 같아
외갓집 마당에 내 키랑 비슷한 맨드라미
넌 왜 이렇게 생겼니
꽃 같지 않게

그때 맨드라미가 말했어
넌 왜 그렇게 생겼니
라고 나는 말하지 않아
너는 그냥 너지

맨드라미에게 사과했어
누가 나에게
너는 왜 그렇게 생겼니
라고 물으면 얼마나 속상할까
나는 나일 뿐인데

키가 비슷한 맨드라미

2부 · 달리는 시

뺨에 뺨을 대 보았어
나답고 맨드라미답게
체온이 서로 달랐어

감상 길잡이

"무슨 꽃이 이렇게 쭈글쭈글 주름이 많아? 마치 닭의 볏 같고, 거인의 혓바닥처럼 생겼잖아?" 아차차! 이렇게 말하고 나니, 슬며시 미안해집니다. 맨드라미가 "나는 나일 뿐인데"라고 말했기 때문이지요. 입장 바꿔서 누군가 "넌 왜 그렇게 키가 작니?", "넌 왜 이렇게 눈이 작아?"라고 물어본다면 기분이 어떨까요? 내 모습을 있는 그대로 인정하지 않는 것 같아서 속상할 거예요. 우리의 눈, 코, 입 모양과 피부색이 모두 다르듯이, 꽃도 저마다 개성적인 아름다움이 있는데 말이죠. 우리도 당당히 말해 볼까요? "다른 건 틀린 게 아니야. 나는 나답게 살아갈래!" 서로 다른 모습을 존중하는 마음가짐이야말로, 시를 폭넓게 읽기 위한 첫걸음이랍니다.

나 의 한 줄 평 ....

....

활동

비슷한 성질을 가진 두 사물을 '같이', '처럼', '듯이' 등을 사용하여 비유하는 것을 직유법이라고 해요. 시 「맨드라미」의 "쭈글쭈글 닭 벼슬 같아"도 직유법을 활용한 문장이지요. 직유법을 써서 한 문장을 완성해 볼까요?

　　　　　　　　　　　　　　　　2부 · 달리는 시

새싹

겨울을 견딘 씨앗이
한 줌 햇볕을 빌려서 눈을 떴다
아주 작고 시시한 시작

병아리가 밟고 지나도 뭉개질 것 같은
입김에도 화상을 입을 것 같은
도대체 훗날을 기다려
꽃이나 열매를 볼 것 같지 않은

이름이 뭔지도 모르겠고
어떤 꽃이 필지 짐작도 가지 않는
아주 약하고 부드러운 시작.

감상 길잡이

씨앗은 작고 시시해요. 하지만 그 안에 색색의 물감이 숨어 있나 봅니다. 조용히 "겨울을 견딘" 후에 연둣빛 싹도 틔우고 알록달록한 꽃도 피우니까요. 씨앗은 병아리가 밟아도 금방 뭉개질 것처럼 연약해 보이죠. 하지만 그 속에는 천하장사가 숨어 있나 봅니다. 왜냐하면 단단한 바위를 뚫고 뿌리를 내리고, 열매를 맺으니까요. 씨앗은 미지근한 입김에도 화상을 입을 것처럼 연약해요. 하지만 태풍과 불볕더위를 견디고 기어이 꽃을 피워 냅니다. 그러니 누가 씨앗이 약하다고 할 수 있겠어요? 이제 중학생이 된 여러분이 한 알의 씨앗이라면, 앞으로 어떤 열매를 맺게 될까요?

나의 한 줄 평 ···

···

 활동

우리들의 시작은 새싹처럼 약하고 시시해 보일지 몰라요. 하지만 그 안에 활짝 펼쳐질 가능성을 품고 있어요. 미래의 모습은 어떨지 짧은 글을 써 봅시다.

2부 · 달리는 시

엄마야 누나야

엄마야 누나야 강변 살자,
뜰에는 반짝이는 금모래빛,
뒷문 밖에는 갈잎의 노래
엄마야 누나야 강변 살자.

시와 노래는 단짝 친구와 같아요. 시가 노래가 되기도 하고, 노래가 시가 되기도 한답니다. 「엄마야 누나야」를 먼저 노래로 배워 볼까요? 한 마디씩 끊어서 노래해 봐요. 시도 노래와 같아서 문장 구조가 반복되면 리듬이 생기는데, 이를 '운율'이라고 한답니다.

게다가 이 시는 시작과 끝이 같아요. 처음과 끝이 같거나 비슷한 구조를 '수미상관'이라고 해요. 여러분, 소리 내어 시를 노래로 부르니 어때요? 뜰에는 금모래가 반짝이고, 뒷문에 낙엽이 바람에 스치는 소리가 난다니, 어쩐지 쓸쓸한 기분도 들어요. 이 시의 화자는 평화로운 강변에서 엄마와 누나와 함께 살고 싶지만, 그러지 못하는 상황인가 봅니다.

그렇다면 이 시를 조국을 빼앗긴 소년의 마음으로 읽으면 어떨까요? "강변"이 나라의 독립과 자유를 염원하는 상징으로 읽히기도 해요. 이처럼 시는 여러 갈래로 해석할 수 있어요. 이렇듯 화자의 상황을 고려해서 읽으면 작품의 해석도 풍부해진답니다.

나의 한 줄 평 ....

....

🖐 **활동**

시인들은 시를 다듬을 때 리듬감을 살리려고 소리 내어 작품을 읽기도 해요. 노래가 된 시를 찾아 모둠별로 함께 불러 봅시다.

삼촌

김영롱

삼촌이 돌아가실 적에
나는 엉엉 울었다.
누가 죽었는지도 모르고 어른들이
울길래 따라 울었다.

그러나 숟갈을 놓을 적에
일곱 개를 놓다가 여섯 개를 놓으니
가슴속에서
눈물이 왈칵 나왔다.

삼촌이 돌아가셨을 때 시의 화자인 '나'는 엉엉 울어요. 어른들이 우니까 같이 따라 울었어요. 삼촌이 돌아가셨다는 사실이 실감나지 않아서 그럴 수도 있고요. 나중에 숟가락을 놓다가, 비로소 삼촌의 빈자리를 생생하게 느끼지요. "아! 이제 두 번 다시 삼촌을 못 보는구나." 그제야 가슴속에서 뜨거운 눈물이 왈칵 나옵니다. 초등학교 6학년 학생이 쓴 이 시는 처음엔 담담하게 읽히다가, 마지막 연에서 삼촌을 향한 그리움과 슬픔이 왈칵 쏟아집니다.

시를 읽으며 느끼는 생각, 느낌, 감정 등을 한마디로 '정서'라고 해요. 자신이 직접 겪은 일은 세상에서 유일한 글감이 되지요. 나만의 고유한 경험이 드러난 글이 진실하고도 생생하게 읽히는 이유가 여기 있어요. 이렇게 쓰인 시에는 정말 신비로운 힘이 있어요. 읽는 사람의 감정을 건드리거든요. 직접 경험하지 않아도 내가 겪은 일처럼 공감하도록 만드는 마법을 부린답니다.

나의 한 줄 평 ⋯⋯⋯⋯⋯⋯⋯⋯⋯⋯⋯⋯⋯⋯⋯⋯⋯⋯⋯⋯

⋯⋯⋯⋯⋯⋯⋯⋯⋯⋯⋯⋯⋯⋯⋯⋯⋯⋯⋯⋯⋯⋯⋯⋯⋯⋯

활동

「삼촌」에서 '숟가락'은 단순한 물건이 아니지요. 삼촌에 대한 그리움과 슬픔을 담은 물건, 즉 정서를 드러내는 물건이 됩니다. 나에게도 특별한 정서를 담은 물건이 있나요?

사랑에 답함

나
태
주

예쁘지 않은 것을 예쁘게
보아 주는 것이 사랑이다

좋지 않은 것을 좋게
생각해 주는 것이 사랑이다

싫은 것도 잘 참아 주면서
처음만 그런 것이 아니라

나중까지 아주 나중까지
그렇게 하는 것이 사랑이다.

감상 길잡이

사랑이 뭘까요? 복숭아처럼 향긋한 냄새를 맡을 수 있나요? 보드라운 고양이를 쓰다듬듯이 만질 수 있나요? 일정한 형태가 없어서 눈에 보이지 않거나, 만질 수 없는 것을 '추상'이라고 불러요. 사랑도 추상적인 관념이지요. 이 시의 화자는 사랑이란 예쁘지 않은 것, 좋지 않은 것, 싫은 것도 잘 참아 주는 것이라 합니다. 사랑은 눈에 보이지 않지만, 행동을 통해 드러나기도 해요. 어떤 경우가 있는지 같이 상상해 볼까요?

반려견을 산책시켜야 할 때, 귀찮아서 쉬고 싶지만 움직여야 할 때가 있지요. 정말 좋아하는 친구도 가끔 상처가 되는 말을 해서 미워지기도 하고요. 이처럼 사람의 감정은 다양해요. 마치 페이스트리 빵처럼 여러 겹으로 이루어져 있어요. 사랑이란 이 모든 것을 싫어하는 마음에게 내어 주지 않고 "아주 나중까지" 지켜 주는 마음이래요.

나의 한 줄 평 ....

....

활동

감정의 종류에는 어떤 것들이 있을까요? 감정을 표현하는 단어를 골라 짧은 글쓰기를 해 봅시다.

2부 · 달리는 시

하늘의 별 따기

나
희
덕

— 엄마, 저 별 좀 따 주세요.

저기, 저 별 말이지?
초승달 가장 가까이서 반짝이는 별.

물론 따 줄 수는 있어.
나무 열매를 따듯
또옥, 별을 따 줄 수는 있어.

그런데 말야.
하늘에 저렇게 별이 많은 건
사람들이 참았기 때문이야.
따고 싶어도 모두들 꾹 참았기 때문이야.

— 그래도 하나만 따 주세요.

지금부터 눈을 꼬옥 감고 열을 세렴.
엄만 다 방법이 있거든.

— 하나, 두울, 셋, 넷, 다섯, 여섯, 일곱, 여덟, 아홉, 열!

이제 눈을 떠 봐.
자아, 별!

— 에이, 이건 돌이잖아요.

거봐, 별은 땅에 내려오는 순간
이렇게 시들어 버리지.

별을 손에 쥐고 싶어도
사람들이 참고 또 참는 것은 그래서란다.

🔖 감상 길잡이

시인은 시 속에 마치 숨바꼭질하듯이 비밀을 숨겨 놓는답니다. 이 시에서도 시인은 직접적으로 "별"의 의미를 드러내지 않지요. 별을 통해 표현하고 싶은 추상적인 관념이나, 생각을 표현했어요. 이를 '상징'이라고 해요. 별은 너무 멀리 있어서 우리들의 손에 닿지 않지만, 하늘에서 빛나지요. 하지만 "땅에 내려오는 순간" 어떻게 될까요? 맞아요, 땅에 내려오는 순간 "돌"이 되어 버린답니다. 그렇다면 '하늘의 별'은 무엇을 의미하고 '땅에 내려온 돌'은 무엇을 의미할까요?

별은 우리가 소중하게 지켜야 할 마음이나 가치 아닐까요? 욕심을 내는 순간 별은 그저 흔한 돌이 된다고 말하는 것 같아요. 이처럼 상징을 쓰면 작품의 주제를 효과적으로 드러낼 수 있답니다.

나의 한 줄 평 ....

....

🖐 활동

「하늘의 별 따기」의 "별"이 상징하는 것이 무엇인지 친구들과 생각을 나누고, 서로 어떻게 다른지 알아볼까요?

나무

나무가 춤을 추면
　바람이 불고,
나무가 잠잠하면
　바람도 자오.

64
2부 · 달리는 시

쏴아, 쏴아아, 나뭇잎이 파도타기하는 바람 부는 숲을 상상해 보세요. 나뭇가지도 이리저리 춤추듯이 흔들려요. 바람이 잦아들면 나무도 잠잠해집니다. 이렇게 표현하니 나무가 마치 살아 있는 생물처럼 느껴지지 않나요? 이 시를 자연을 노래한 순수한 동시로 읽을 수도 있겠지요. 하지만 윤동주 시인이 살았던 시대적 배경을 살펴보면, "나무"를 또 다른 의미로 읽을 수 있어요.

일제 강점기라는 상황에서 쓴 시이니, 나무는 바람이라는 모진 시련을 겪은 우리 민족을 표현한 것처럼 읽히기도 하지요. 제아무리 세찬 바람이 불어도 흔들림 없이 우리 민족의 주체성을 단단히 지켜야 한다는 의미를 품은 시처럼 읽히기도 하고요. 시인이 처한 시대적 상황에 따라 시도 다양한 맥락으로 해석될 수 있어요.

나의 한 줄 평 ⸻⸻⸻⸻⸻⸻

⸻⸻⸻⸻⸻⸻⸻⸻⸻

👋 활동

시인이 살았던 시대적 배경이나 일생을 알고 나서 시를 읽으면 더욱 풍부하게 해석할 수 있어요. 윤동주 시인의 약력을 조사하여 간략하게 정리해 봅시다.

착한 사람

네 잘못이야

다들 괜찮다는데 왜 너만 예민하게 굴어?

가서 미안하다고 사과해

엄살 좀 부리지 마

그거 가지고 상처받았다고 유난 떨지 마

웃어

착한 사람이 되려고 했더니

나에게 가장 못된 사람이 되어 있었다

　"너 참 착해." "너는 유별나." "예민하게 좀 굴지 마." 이런 말을 들어 본 적 있나요? 친구들이 싫어할까 봐, 부모님의 기대에 어긋날까 봐 솔직한 심정을 표현하지 못했나요? 그렇다고 내 기분대로 다 표현하고 살 수는 없겠지요. 누구나 마음속에 있는 말을 마음껏 하고 살지 못하니까요. 그러니 마음의 균형을 지혜롭게 잘 맞춰야 해요.

　인간관계는 커다란 퍼즐 같아요. 어떤 조각은 딱 들어맞기도 하고, 어떤 조각은 아무리 끼워 맞추려 해도 맞지 않아요. 그런데 다른 사람의 기대에 어긋나지 않으려고, 자신에게 가장 못되게 굴 때가 있어요. 내 마음의 소리에 귀 기울여 봐요. 나에게 제일 먼저 친절해야 하는 사람은 바로 나 자신이랍니다.

나의 한 줄 평 ⸻⸻⸻⸻⸻⸻⸻

⸻⸻⸻⸻⸻⸻⸻⸻⸻⸻⸻⸻⸻

👆 **활동**

"다들 괜찮다는데 왜 너만 예민하게 굴어?"와 같은 말로 상처를 입었던 적이 있나요? 그럴 때 어떻게 치유했는지, 짧은 글을 써 봅시다. 그 경험을 통해 깨닫게 된 사실은 무엇인가요?

상처의 교훈

이
해
인

마주하긴 겁이 나서
늦게야 대면하는
내 몸의 상처

상처는 소리 없이 아물어
마침내 고운 꽃으로 앉아 있네
아프고 괴로울 때
피 흘리며 신음했던 나의 상처는
내 마음을 넓히고
지혜를 가르쳤네

형체를 알 수 없는
마음의 상처를
다스리지 못해 힘들었던 날들도
이제는 내가
고운 꽃으로 피워 낼 수 있으리

상처 없이 성장하는 존재는 없답니다. 복숭아도 벌레가 먹고, 거센 비바람에 대추가 익기도 전에 떨어집니다. 연꽃은 더러운 진흙 탕에서 자라나 꽃을 피우지요. 사람은 병이 들기도 하고, 살아가면서 여러 가지 슬픔을 겪어요. 누구나 아픔 없이 살아가길 바라지만, 생명 있는 모든 존재는 그럴 수 없답니다.

그러나 이런 상처가 과연 나쁘기만 할까요? 우리는 상처를 딛고 고운 꽃처럼 피어난 존재예요. 마음의 상처를 다스리지 못해 힘들었던 날들도, 아프고 괴로웠던 날들도 꽃처럼 피워 내며 살아가고 있어요. 그러니 스스로 격려해 주세요. 자신의 상처를 슬기롭게 치유할 줄 아는 사람이 여러분이면 좋겠어요.

나의 한 줄 평 ·································

·································

👌 **활동**

상처를 받았을 때 옆에서 도움을 준 사람이 있나요? 누군가와 함께 성장한 경험이 있는지 떠올려 봅시다.

거꾸로 말했다

장
철
문

괜찮아요,라고 말할 때
괜찮지 않았다

저는 됐어요,라고 말할 때
되지 않았다

아니에요,라고 말할 때
아니지 않았다

하나 마나 한 말이지만,
내가
나라고 부르는 애야,
너한테 분명히 말해 둘게

아무 때나 웃지 마,
어색할 때는 그냥 있어도 돼

마음속에 청개구리 한 마리가 사나 봐요. 거꾸로 말할 때가 있거든요. 괜찮지 않은데, 괜찮은 척하는 청개구리요. 여러분도 속마음과 반대로 표현한 적이 있을 거예요. 부모님의 마음에 들고 싶어서, 또는 친구의 기분을 상하지 않게 하려고 속마음을 숨긴 적 있나요? 그래서 내 감정을 돌보는 데 소홀하지는 않았나요?

시는 자신의 감정을 진솔하게 표현하는 글쓰기랍니다. 괜히 마음에도 없는 말을 하고 나면 마음에 구멍이 뻥 뚫린 것 같지요. 분위기를 띄우려고 실없이 웃고 나면 '어휴. 그때 내가 왜 그랬지?'라고 후회하기도 하고요. 그러니 후회하고 싶지 않다면 거울을 마주 보며 스스로에게 이렇게 말하기로 해요. "아무 때나 웃지 마, 어색할 때는 그냥 있어도 돼!"

나의 한 줄 평 ....

....

💜 **활동**

내 마음과 다르게 말해 본 적이 있나요? 솔직하게 써 봅시다.

자물쇠가 철컥 열리는 순간

조
재
도

나에게도
자물쇠가 철컥 열리는 순간 같은
그런 때가 있어요
그러니 기다려 주세요

처음 자전거를 배울 때
수십 번 넘어지고 일어나 다시 타도
또 넘어질 때
그러다 어느 순간
나도 모르게 두 바퀴로 세상을 씽씽 달릴 때처럼
자물쇠가 철컥 열리는 순간이
있답니다

수영을 배울 때도
공부할 때도
바이올린을 켜거나
탁구를 칠 때도

아무리 아등바등해도 넘지 못하던 벽을
어느 순간 훌쩍 뛰어넘는
그런 때가 있답니다

그러니 기다려 주세요
너무 재촉하지 말아 주세요
가을에 심은 나무는
봄이 되어야 꽃 피울 수 있잖아요

"넌 커서 뭐가 될래?" "놀기만 하고 숙제 안 할 거야?" 이런 말을 들으면 자물쇠처럼 입을 꾹 다물고만 싶죠. 손가락으로 귀를 막고 싶죠. 내가 원하는 만큼 실력이 늘지 않아서 조바심 날 때도 있어요. 그럴 때는 아무리 아등바등 노력해도 눈앞에 커다란 벽이 가로막고 있는 것 같아요.

하지만 분명히 자물쇠가 열리는 순간이 올 거예요. 눈앞을 가로막았던 벽이 와르르 무너지는 순간이 올 거예요. 정말 어려운 수학 문제를 풀다가, 어느 순간 '철컥' 하고 열쇠가 딱 들어맞는 순간이요. 지금 중학생이 된 여러분은 느려도 한 계단씩 오르는 중이랍니다. 그러니 너무 재촉하지 말아 주세요. 나무에게 빨리 꽃 피우라고 재촉한대도, 꽃은 봄이 되어야만 피니까요.

나의 한 줄 평 ....

....

💜 활동

끈질기게 도전해서 무언가를 성취한 경험이 있나요? 내 앞을 가로막던 자물쇠가 철컥 열린 것 같은 순간에 관해 이야기해 보아요.

큰 나무

조재도

어떤 말을 하고 나면
내가 어른스러워진 것 같다

어떤 생각을 하고 나면
내가 어른스러워진 것 같다

어떤 행동을 하고 나면
그때의 내 모습은

어른스러움!

그런 날은
내 키가 부쩍 커진 것 같다
어깨가 와짝
넓어진 것 같다
마음이 흐뭇함으로 가득 차고
그늘이 넓은 큰 나무가 된 것 같다

여러분은 어떤 때 어깨가 와짝 넓어진 것 같고, 어른이 된 것 같나요? "그늘이 넓은 큰 나무"와 같은 사람은 어떤 사람일까요? 무더운 날에 그늘을 내어 주고, 새들에게 열매를 나눠 주는 사람을 말하는 게 아닐까요?

여러분은 어느 때 나무처럼 성장하고 있다고 느끼나요? 곰곰 떠올려 봐요. 읽기 어려운 책 한 권을 다 읽었을 때, 태권도 시험에서 승급했을 때, 슬퍼하는 친구에게 진심 어린 위로의 말을 건넸을 때도 그랬을 거예요. 이런 경험은 우리들 마음의 키를 한 뼘씩 자라게 하지요. 아, 지금 떠오르는 생각이 있다고요? 그럴 땐 어깨를 다독이며, "아, 정말 잘했어!"라고 스스로 칭찬해 주세요.

나의 한 줄 평 ....

....

👋 **활동**

내가 생각하는 '어른스러운 말'은 무엇인가요? 두세 줄 정도 간단히 요약해 봅시다.

시의 기본 개념 알기

기본적인 시의 표현 방법을 아는 것은 작품 이해에 도움이 된답니다. 그래서 이번에는 중학생이 꼭 알아야 할 세 가지 표현 방법인 운율, 비유, 상징에 대해 알아보려고 해요.

운율은 시를 읽을 때 느껴지는 말의 가락입니다. 가락이란 음악성을 더해 주는 음의 흐름이에요. 시에서는 반복을 통해서 음악성을 형성하곤 합니다. 특정한 소리, 비슷한 글자, 문장 구조가 반복될 때 운율이 생겨나는 거지요. 앞서 살핀 시「사랑에 답함」을 다시 한번 읽어 보세요. 운율이라는 개념을 알고 읽으면 또 새로운 감상을 느낄 수 있을 거예요.

비유는 표현하려는 대상(원관념)을 그와 공통점이 있는 다른 대상(보조 관념)에 빗대어 표현하는 방법입니다. 상징 역시 표현하려고 하는 대상을 다른 대상에 빗댄다는 점에서는 같아요. 다만 비유가 구체적인 두 대상 사이의 공통점을 바탕으로 한다면 상징은 눈에 보이지 않는 추상적인 대상을 구체적으로 나타내지요.

예를 들어 '사과 같은 얼굴'이라는 표현은 얼굴을 사과에 비유하고 있어요. 동그랗고 붉고 고운 얼굴이 사과와 공통점이 있어서일 거예요. 한편 행운을 '네잎클로버'로 빗댄다면 비유보다는 상징이라고 할 수 있지요.

1. 이제 지금까지의 설명을 참고하여 시의 표현 방법을 간단하게 정리해 볼
까요?

운율:

_____

_____

비유:

_____

_____

상징:

_____

_____

2. 시의 표현 방법을 참고해 「맨드라미」를 다시 읽어 보고, 다음 활동에 답
해 보세요.

「맨드라미」에서 운율이 느껴지는 이유:

_____

_____

「맨드라미」에서 쓰인 비유적 표현:

_____

_____

그 효과:

_____

_____

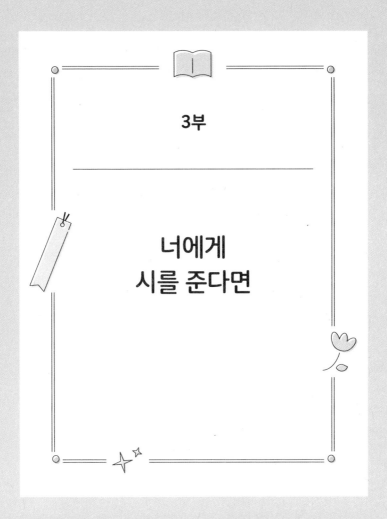

3부

너에게
시를 준다면

들어가는 시 ☆

내 마음의 수채화

신미나

지금 내 마음은 금방 짠 물감 같아
알록달록 반짝여
좋으면 그냥 좋아,라고 대충 쓰지 않을래
내 마음에 딱 맞는 색을 고르고 싶어

내 마음은
토실한 알밤처럼 단단한 갈색이 되고 싶어
황금빛 벼처럼 겸손하고 싶어
가끔은 흩날리는 벚꽃의
진분홍과 연분홍 사이에 혼자 있고 싶어

좋으면 좋아,라고 간단히 쓰지 않을래
네 마음도 자세히 읽고 그려 볼래
말해 줄래? 네 마음은 어떤 색깔로 칠했는지

빗길

성
명
진

친구의 우산을 함께 쓰고 왔다.

미안해서
내가 비를 더 맞으려고
어깨를 우산 밖으로 내놓으면
친구가 우산을 내 쪽으로
더 기울여 주었다.

빗속을
우리는 나란히 걸었다.

좁은 길에선 일부러
내가 빗물 고인 자리를 디뎠다.
그걸 알았는지 친구는 나를
제 쪽으로 가만히 당겨 주는 것이었다.

감상 길잡이

  우리는 힘든 순간을 함께 통과할 때 상대방의 마음을 진하게 느끼곤 합니다. 슬프고 지치는 날 누군가 곁에 있어 준다면, 이때 둘 사이에 통하는 감정을 우정이라고 말할 수 있겠습니다. 걷기 불편한 "빗길"에서 서로 비를 덜 맞게 하려고 우산을 상대편으로 기울이는 두 사람이 보입니다. 친구가 덜 힘들기를 바라는 마음은 일부러 더 험한 자리를 딛거나, 그 행동을 알아채고 자기 쪽으로 몸을 당겨 주는 행동으로 나타나지요. 이런 친구가 있다면 아무리 힘든 빗길이라도 힘내서 가 볼 수 있을 거예요.

나의 한 줄 평 ···

···

활동

이 시에서 "빗길"은 무엇을 상징하고 있나요? 누군가와 빗길을 함께 걸었던 경험을 떠올려 보고, 그 당시 상대방의 말이나 행동을 기록해 보세요.

비밀번호

문
현
식

우리 집 비밀번호
□□□□□□

누르는 소리로 알아요
□□□　□□□□는 엄마
□□ □□□ □□는 아빠
□□□□ □□□는 누나
할머니는
□　□　□　　□
□　　□　　□

제일 천천히 눌러도
제일 빨리 나를 부르던
이제 기억으로만 남은 소리

보 고　싶　　은
할　머　　니.

화자는 집 안에 있어요. 현관문 밖에서 들려오는 도어 록 비밀번호 누르는 소리로 누구일까 추측합니다. 사람마다 도어 록 누르는 습관이 달라 누군지 알 수 있다고 해요. 일곱 개의 숫자를 누르는 방식이 엄마, 아빠, 누나 모두 제각각이네요. 그런데 할머니가 누르는 번호 사이사이에는 빈칸이 있습니다. 느릿느릿한 속도가 느껴지는군요. 번호 누르는 속도는 느려도 할머니가 누구보다 "제일 빨리 나를 부르"는 걸 '나'는 알고 있습니다. 할머니와 '나' 사이엔 통하는 마음이 있나 봐요. 이제는 기억으로만 남은 소리. 그리운 할머니를 떠올리니 내 마음의 속도도 느려져 천천히 떠오르는 글자들이 있네요. "보 고 싶   은/할 머   니."는 할머니가 누르던 "□ □ □   □/□ □ □"와 리듬이 같지요.

나의 한 줄 평 --

활동

□을 빼고 「비밀번호」를 낭독해 본 다음, □을 포함하여 다시 낭독해 보세요. 어떤 차이가 느껴지나요? 이 시에서 □의 역할은 무엇인지 생각해 봅시다.

오우가

내 벗이 몇이냐 하니 수석(水石)과 송죽(松竹)이라
동산에 달 오르니 그 더욱 반갑고야
두어라 이 다섯밖에 또 더하여 무엇 하리

구름 빛이 좋다 하나 검기를 자로 한다
바람 소리 맑다 하나 그칠 적이 하노매라
좋고도 그칠 뉘 없기는 물뿐인가 하노라

꽃은 무슨 일로 피면서 쉬이 지고
풀은 어이하여 푸르는 듯 누르나니
아마도 변치 않을손 바위뿐인가 하노라

✽ **오우** 다섯 명의 벗. 여기서는 물, 돌, 소나무, 대나무, 달을 말함.
✽ **좋다 하나** 깨끗하다 하나. 여기서 '좋다'는 '깨끗하다'는 뜻임.
✽ **자로** 자주.
✽ **하노매라** 많구나.
✽ **그칠 뉘** 그칠 때.
✽ **변치 않을손** 변치 않는 것은.

86   3부 · 너에게 시를 준다면

더우면 꽃 피고 추우면 잎 지거늘
솔아 너는 어찌 눈서리를 모르는가
구천(九泉)에 뿌리 곧은 줄을 그로 하여 아노라

나무도 아닌 것이 풀도 아닌 것이
곧기는 뉘 시키며 속은 어이 비었는가
저렇고 사시(四時)에 푸르니 그를 좋아하노라

작은 것이 높이 떠서 만물을 다 비추니
밤중의 광명이 너만 한 이 또 있느냐
보고도 말 아니 하니 내 벗인가 하노라

* **솔** 소나무.
* **구천** 땅속 깊은 밑바닥.
* **뉘 시키며** 누가 시켰으며.
* **사시** 사계절.
* **광명** 밝고 환함.

감상 길잡이

「오우가」는 윤선도의 시조 가운데 널리 알려진 작품입니다. 제목의 한자 뜻 그대로 다섯 친구에 대한 작품이지요. 물, 바위, 소나무, 대나무, 달이라는 자연물이 화자의 친구인데요, 이 친구들과 다른 대상을 비교하면서 대상의 특징을 더욱 강조하고 있답니다. 꽃과 풀은 변해도 바위는 변하지 않지요. 날씨에 따라 구름은 검기도 하고 바람도 불거나 멈추는데 물은 그치지 않고 흘러요. 계절이 변해 눈이 내려도 한결같은 소나무와 늘 곧게 서 있는 대나무도 화자의 친구입니다. 달은 높이 떠서 어두운 밤을 밝히고, 세상을 내려다보며 많은 것을 알면서도 조용합니다. 화자의 친구들은 공통점이 있네요. 세상에 휘둘리지 않고 변함이 없어요. 윤선도는 벼슬에서 물러나 전라남도 해남에 있는 금쇄동에 머물 때 이 작품을 썼다고 해요. 이곳은 사람의 발길이 잘 닿지 않는 곳인데요, 인간 세상에 대한 비판적인 인식이 작품에 반영되었어요. 세상과 다른 면을 자연에서 발견한 것이지요.

나의 한 줄 평 ....

....

활동

내가 친구하고 싶은 동식물을 하나 선정해 볼까요. 대상과 친구가 되고 싶은 이유도 밝혀 주세요.

겨울 사랑

문정희

눈송이처럼 너에게 가고 싶다

머뭇거리지 말고

서성대지 말고

숨기지 말고

그냥 네 하얀 생애 속에 뛰어들어

따스한 겨울이 되고 싶다

천 년 백설이 되고 싶다

＊ **백설** 하얀 눈.

감상 길잡이

'사랑'이라는 단어 앞에 계절을 붙여 보세요. '봄 사랑'의 싱그
러움과 '여름 사랑'의 열기, '가을 사랑'의 성숙함을 지난 '겨울 사
랑'은 어떤가요. 겨울 사랑이라, 겨울과 사랑의 결합이 어쩐지 포
근함을 연상시킵니다. 눈사람과 호빵을 닮은 따스하고 보드라운
하양. 이 시에서는 "따스한 겨울"이라는 말로 표현했지요. 이 시는
너에게 "눈송이처럼" 다가갑니다. 머뭇거리거나 서성거리지도 않
고 숨김없이 "그냥 네 하얀 생애 속에 뛰어들어" 따스한 겨울이 되
고 싶다고 해요. 순수한 마음에 하나 되어 천 년 동안 그치지 않기
를 바라는 마음이에요.

나의 한 줄 평 ....

....

👋 **활동**

"따스한 겨울"이라는 표현에 담긴 의미는 무엇일까요? 자신의 생각을 이야기해 봅
시다.

우리 둘이

김준현

고래고래
노래를 부르면
입에서 고래가 튀어나올 것 같아

바닷속에서 숨을 참았던 고래가 펑!
분수처럼 숨소리가 하늘 높이 솟구치는 기분
등대를 세우는 기분

참았던 걸 다 쏟아 내 버려!

정민이가 굽은 내 등을 지느러미로 쓰다듬어 주더라
노래보다 그게 훨씬 좋았어

정민이랑 나랑
둘이서 세상 끝까지 헤엄치는 돌고래처럼
우우 우우 우우 우우 우리 둘이
노래가 되었어

여러분은 숨 막힐 듯 답답할 때 어떤 방법으로 스트레스를 푸나요? 밤새 게임을 할 수도, 먹고 싶은 대로 다 먹을 수도, 친구와 내내 통화를 할 수도 있을 텐데요. 여기, 「우리 둘이」속의 친구들은 노래 부르기를 선택했네요. 아무런 눈치도 보지 않고 신나게 노래하는 두 사람. 참았던 걸 다 토해 내면서 "고래고래" 스트레스를 풉니다. "입에서 고래가 튀어나올 것 같"대요.

"펑!" 얼마나 크게 솟구치는 목소리일까요. 노래하는 '나'의 등은 어쩐지 굽어 있어요. 속상한 일이 있어서인지, 노래하느라 몸을 굽혀서인지, 물고기처럼 변해서인지 알쏭달쏭합니다. 그런데 곁에 있는 친구에게도 "지느러미"가 있네요. 노래하는 두 마리 "돌고래"라. 혼자 부르는 노래가 아니라, 친구가 곁에 있기에 용기는 배가 됩니다. '나'는 노래보다 훨씬 좋은 것이 정민이의 토닥거림이라고 해요. 이런 친구가 곁에 있다면 겁날 게 없을 테지요.

나의 한 줄 평 ....

....

활동

답답한 마음에 갇힌 친구를 즐겁게 할 방법을 한 가지 떠올려 볼까요?

돌담장의 안녕

아랫돌이 윗돌에게 업어 줘서 고맙댔어
윗돌이 아랫돌에게 업혀 줘서 고맙댔지
몇백 돌 몇천 돌들이 입을 모아 고맙댔네

'시조'는 우리 전통 시가의 한 갈래입니다. 고려 말부터 조선 시대에 걸쳐 널리 창작되었는데요, 평시조의 경우에는 3행, 즉 3장 형식으로 간결하면서도 4음보의 운율이 잘 느껴지지요. 여기서 '음보'란 한 행을 자연스럽게 끊어 읽으면서 생겨나는 율격을 말합니다. "아랫돌이/윗돌에게/업어 줘서/고맙댔어"는 네 걸음을 걷는 듯한 4음보를 이루고 있네요. 그렇다면 「돌담장의 안녕」이 전통 시가일까요? 이 시는 오늘날에도 전통을 이어 가는 현대 시조 작품이랍니다. 서로의 존재를 고마워하는 돌들의 대화를 담았지요. 아랫돌은 윗돌에게, 윗돌은 아랫돌에게 고마워합니다. 우리도 매일 누군가와 관계를 맺으면서 살아갑니다. 입을 모아 고맙다고 말하는 돌담처럼 우리 모두 서로에게 고맙다고 말해 보면 어떨까요?

나의 한 줄 평 ....

....

👆 활동

「돌담장의 안녕」을 소리 내어 읽는다면 어떻게 끊어 읽을까요? 효과적인 낭독 방법을 생각해 봅시다.

묏버들 가려 꺾어

묏버들 가려 꺾어 보내노라 님의 손대
자시는 창밖에 심어 두고 보소서
밤비에 새잎 곧 나거든 날인가도 여기소서

＊**묏버들** 산버들.
＊**님의 손대** 님이 있는 곳에.
＊**자시는** 주무시는.
＊**날인가도** 나인가도.

묏버들 가려 꺾어 · 홍랑

감상 길잡이

「묏버들 가려 꺾어」는 조선 시대의 기녀 홍랑이 사랑하던 문인
최경창과 이별한 후 쓴 시조입니다. 두 사람 사이에는 신분 차이와
물리적 거리라는 장벽이 있었어요. 헤어짐의 상황에서 화자는 님
에게 버드나무 가지를 꺾어 보냅니다. 나를 대신해 무언가라도 보
내고 싶은 마음에 가능한 한 고운 것을 고르는 정성을 더했지요.
화자는 이 "묏버들"을 자는 곳 가까이에 심어 두라고 당부해요.
밤비에 새잎이 날지도 모른다고요. 멀리 있다 한들 님을 향한 그리
움은 지치지 않고 자라날 거라고요.

나의 한 줄 평 ....

....

💙 **활동**

그리운 이에게 나를 대신해 무언가를 보낸다면, 여러분은 어떤 대상을 선택할 건가
요? 선택한 이유도 함께 써 보세요.

풀꽃

나
태
주

자세히 보아야
예쁘다

오래 보아야
사랑스럽다

너도 그렇다.

감상 길잡이

'풀꽃'은 말 그대로 풀에 피는 꽃입니다. 따로 이름이 없는 꽃이 지요. 풀들 사이에 제멋대로 피어난 작고 연약한 존재 말이에요. 아무도 주목하지 않기에 무심코 지나치기 쉽지요. 시인의 표현대로 "자세히 보아야/예쁘"고, "오래 보아야/사랑스럽다"는 걸 알 수 있어요. 우리를 둘러싼 수많은 존재들이 어쩌면 길가에 핀 풀꽃 같습니다. 마음을 내어 자세히, 오래 살피면 존재의 아름다움을 발견할 수 있어요.

나의 한 줄 평 ....

....

활동

여러분은 무언가를 자세히 살펴보다 새로운 아름다움을 발견했던 경험이 있나요? 자유롭게 이야기해 봅시다.

저녁에

저렇게 많은 중에서
별 하나가 나를 내려다본다
이렇게 많은 사람 중에서
그 별 하나를 쳐다본다

밤이 깊을수록
별은 밝음 속에 사라지고
나는 어둠 속에 사라진다

이렇게 정다운
너 하나 나 하나는
어디서 무엇이 되어
다시 만나랴

삶에서 누군가를 만나 서로를 알아보고 마음을 나누는 건 귀한 경험입니다. 많은 별 중에서 단 하나의 별이 나를 내려다보는 것, 많은 사람 중에서 단 하나의 사람이 나를 바라보는 것 역시 귀하지요. 아주 낮은 확률로 일어나는 일이에요. 그러나 이 만남은 짧습니다. 서로를 보던 둘은 각자의 배경 속으로 사라지지요.

별과 '나'는 다시 만날 수 있을까요? 만나더라도 긴 시간이 흐른 뒤에야 가능할 듯합니다. "어디서 무엇이 되어/다시 만나랴"는 지금, 여기가 아니더라도 언젠가 만날 수 있기를 바라는 마음을 표현했기 때문이에요. 여기가 아닌 어딘가에서, 지금의 내가 아닌 "무엇이 되어"서라도 다시 만날 수 있기를 바라는 소망의 표현은 그만큼 간절하다는 뜻이기도 하겠습니다.

나의 한 줄 평 ⋯⋯⋯⋯⋯⋯⋯⋯⋯⋯⋯⋯⋯⋯

⋯⋯⋯⋯⋯⋯⋯⋯⋯⋯⋯⋯⋯⋯

💜 **활동**

누군가와 다시 만날 수 있기를 간절하게 바란 경험이 있다면 이야기해 봅시다.

눈물 한 방울

허유미

바다는 해녀의
거대한 눈물 한 방울이라서
파도는 눈물 한 방울의
흔들거리는 몸짓이어서
눈물 한 방울이 섬을 꼭 안고 있어서
우리는 해 질 녘이면
눈물 젖은 몸으로
가족의 이마를 만져 주어서
노래를 부르고 있어서
별은 눈물의 깊이를 알고 있어서
바다에서 사뭇 반짝이고
눈물에 가라앉은 숨비소리는
찬 바람을 모으고 있어서
바다가 바람보다 커서
눈물의 온기로 섬이 잠들어서
발아래 훌쩍훌쩍 물결치는 밤이어도

＊사뭇 마음에 깊이 스며들도록 매우.
＊숨비소리 물질하던 해녀가 수면 위로 떠올라 숨을 내뱉는 소리.

우리는 등대처럼 서로의 어두운 얼굴을
거대한 눈물 한 방울로 감싸고 있네

여러분은 제주도 하면 무엇이 가장 먼저 떠오르나요? 감귤, 돌하르방, 유채꽃 등 다양한 이미지가 떠오르지요? 제주도는 낭만적인 섬이기도 하지만, 「눈물 한 방울」의 시인에게는 관광지가 아니라 치열한 삶의 터전이기도 해요.

제주 모슬포 바닷가에서 해녀의 딸로 태어난 시인은 자신의 경험을 시로 녹여 냈어요. 물질을 하다 물 위로 올라와 숨을 내뿜는 소리를 "숨비소리"라고 하는데요. 들어 보면 호오이, 하고 휘파람 부는 소리 같기도 하고, 새가 휘이이이 우짖는 소리 같기도 해요.

시인은 해녀의 딸로 살아온 경험과 더불어 제주 해녀들의 웃음과 눈물, 역사까지도 생생하게 그려 냈네요. 시는 이렇게 우리가 경험한 것보다 넓은 세상을 시원하게 펼쳐서 보여 준답니다.

나 의 한 줄 평 ....

....

✋ **활동**

「눈물 한 방울」에서는 바다를 "해녀의/거대한 눈물 한 방울"이라고 비유했어요. 이 눈물은 바람보다 크고, 따듯한 온기로 섬을 잠들게 하지요. 눈물 한 방울이 무엇을 더할 수 있을지 상상해 볼까요?

소리 내어 읽기

3부에는 우정을 노래한 시가 다수 실려 있습니다. 여러분은 시를 읽으면서 어떤 생각을 했나요? 소중한 친구를 떠올렸나요, 내게도 이런 친구가 있었으면, 내가 이런 친구가 되어 준다면 하는 가정을 해 보았나요. 마음속에 친구를 떠올리며 시를 소리 내어 읽어 보세요. 눈으로만 읽을 때와는 다른 느낌이 들 거예요. "시는 잘 모르겠어."라고 하는 친구들에게, 낭독은 꼭 추천하고 싶은 읽기 방법이랍니다.

★ 활동

3부에 수록된 시 중 친구에게 읽어 주고 싶은 작품을 한 편 선택해 다음 활동을 해 보세요.

1. 시인과 시 제목을 알려 주세요. 고른 이유는 무엇인가요?

시인/시 제목:

고른 이유:

2. 작품을 찾아 옮겨 써 보세요.

----

3. 시의 의미가 잘 살아나도록 천천히 소리 내 읽어 보세요.

4. 친구에게 시를 읽어 주고 난 뒤 덧붙이고 싶은 메시지를 써 보세요.

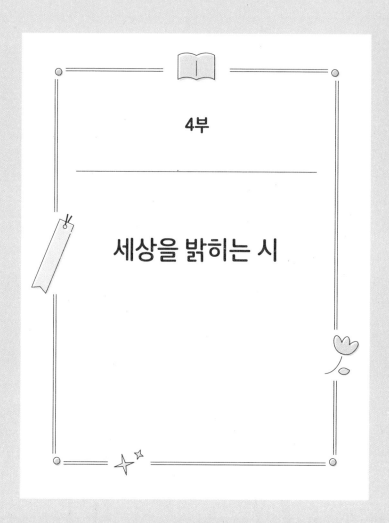

4부

세상을 밝히는 시

들어가는 시

걸어가는 시

신미나

내가 시인이라면
네 마음을 옷처럼 입어 보고 싶다
스웨터처럼
추운 너의 어깨를 따듯하게 감싸는 시

내가 시인이라면
어둠을 밝히는 시를 쓰고 싶다
손전등처럼
네 앞길을 동그랗고 환하게 밝히는 시

내가 시인이라면
세상의 바다와 같은 시를 쓰고 싶다
파도처럼
넓고도 푸르른 마음을 펼쳐 주는 시

우리는 모두 한 사람의 시인
어둠을 뚫고 나아가는 시를 써 보자
너와 내가 쓴 시가
큰 세상으로 뚜벅뚜벅 걸어간다

별밤에

나
태
주

별빛이 소낙비처럼
쏟아지는 밤

굴참나무 잎새 두 개
따다가 귀에 대면

내 귀는 그대로
우주의 안테나

맑게 살리라
사랑하며 살리라

은하수 밖 태양계 밖
우주의 소리를 듣는다

그래 그래 그래
산들이 고개 끄덕여 주고

4부 · 세상을 밝히는 시

강물도 입술 반짝이며
엿듣고 있다.

눈을 감고 상상해 보세요. 얼굴 위로 별빛이 주근깨처럼 쏟아지는 캄캄한 밤중입니다. 고요한 밤, 들판 한가운데 서 있다고 생각해 보세요. 무슨 소리가 들릴까요? 솨아 솨아 바람에 벼가 스치는 소리, 찌륵 찌르르 풀벌레 소리, 저 멀리 떨어진 집에서 개가 컹컹 짖는 소리도 들려올 것만 같아요. 어쩐지 쓸쓸하고 외로운 느낌도 듭니다. 사방이 조용해요. 마치 후우우우, 하고 우주가 길게 숨 쉬는 소리도 들릴 것처럼.

제아무리 밤이 어둡다 해도 별은 제자리에서 빛나지요. 묵묵히 제 할 일을 한다는 듯이요. 그런 밤에 시인은 "맑게", "사랑하며 살리라"고 다짐합니다. 이런 시인의 다짐을 이해한다는 듯이 산은 고개를 끄덕여 주고, 강물은 입술을 반짝이며 흘러요. "별"과 같은 상징을 통해 시인이 듣고자 하는 "우주의 소리"는 어떤 말이었을까요?

나의 한 줄 평 ⸻⸻⸻⸻⸻⸻⸻⸻

⸻⸻⸻⸻⸻⸻⸻⸻⸻⸻⸻⸻

👋 활동

감각이란 눈, 코, 귀, 혀, 살갗을 통해 어떤 자극을 알아차리는 걸 말해요. 「별밤에」에서는 귀(청각)로 들은 표현이 많이 나와요. 한 가지 감각에 집중하여 짧은 글을 써 봅시다.

한 송이 말의 힘

김선우

진심에서 우러난

한 줄기 말을

놓아 준 적 있는 자리에선

한 송이 기쁨이

반드시 피어난다

그때가 언제이든

감상 길잡이

"개이득, 핵노잼, 노답, ㅇㅈ?" 문자 메시지를 주고받거나, SNS를 할 때 자주 쓰는 말이죠. 스트레스 받으니까 재미로 유행어를 쓰면서 스트레스를 풀기도 하고요. 친구들과 유행하는 말을 쓰면 더욱 친밀감이 드는 것 같아서 쓰기도 해요.

하지만 이런 언어 습관을 길들이다 보면 나쁜 버릇이 생길 수도 있어요. 자칫 욕이 습관이 되면, 어휘력 수준도 낮아지고요. 소리 나는 대로 받아 적는 바람에 맞춤법을 자주 틀리기도 합니다. 말은 곧 마음을 비추어요. 아름다운 말은 꽃과 같아서 좋은 말이 오가는 곳에서 향기로운 말이 피어난답니다. 가시 돋친 말은 상처를 주는 반면 진심 어린 말은 사람의 마음에 뿌리내려 기쁨을 줍니다. 여러분은 오늘 하루, 어떤 말을 가장 많이 썼나요?

나의 한 줄 평 ....

....

활동

인터넷에서 자주 쓰는 은어, 신조어, 비속어의 뜻을 조사해 보고 고쳐 써 볼까요?

　　　　　　　　4부 · 세상을 밝히는 시

넌 어느 쪽이니?

이옥용

이 세상엔
두 부류의 사람이 있대

뉴스 만드는 사람
뉴스 듣는 사람

뉴스 믿는 사람
뉴스 의심하는 사람

뉴스 베끼는 사람
뉴스 버리는 사람

뉴스 만드는 사람
뉴스 없애는 사람

뉴스 불리는 사람
뉴스 줄이는 사람

뉴스에 마술 거는 사람
뉴스에 현미경 대는 사람

넌 어느 쪽이니?

4부 · 세상을 밝히는 시

'정보를 바르게 전달하는 사람' 하면 누가 떠오르나요? 아나운서, 평론가나 기자처럼 말글을 자주 사용하는 사람이겠지요. 하지만 요즘은 책이나 뉴스보다 인터넷 개인 방송이나 SNS를 더 자주 보기도 해요. 여러분이 보는 모든 매체가 진실만을 전하고 있었나요?

여러분은 어느 쪽인가요? 뭔가 멋있어 보여서 불필요한 말을 함께 전달한 적은 없나요? 무심코 차별적인 언어를 사용하지는 않았나요? 말과 글은 어떻게 사용하는지에 따라 그 쓰임새가 무척 달라져요. 보이지 않는 무기를 숨길 수도 있지요. 잘못 사용하면 타인에게 상처를 줄 수 있어요.

나의 한 줄 평 --

✌️ **활동**

평소 무심코 쓰는 말 중에 누군가를 상처 주거나 편견을 담은 표현이 있지는 않았는지 생각해 볼까요? 어떻게 바꾸어 말할 수 있을까요?

연탄 한 장

안
도
현

또 다른 말도 많고 많지만
삶이란
나 아닌 그 누구에게
기꺼이 연탄 한 장 되는 것

방구들 선득선득해지는 날부터 이듬해 봄까지
조선 팔도 거리에서 제일 아름다운 것은
연탄 차가 부릉부릉
힘쓰며 언덕길 오르는 거라네
해야 할 일이 무엇인가를 알고 있다는 듯이
연탄은, 일단 제 몸에 불이 옮겨붙었다 하면
하염없이 뜨거워지는 것
매일 따스한 밥과 국물 퍼먹으면서도 몰랐네
온몸으로 사랑하고 나면
한 덩이 재로 쓸쓸하게 남는 게 두려워

＊**방구들** 화기가 방 밑을 통과하여 방을 덥히는 장치.
＊**선득선득** 갑자기 서늘한 느낌이 자꾸 드는 모양.
＊**팔도** 조선 시대에, 전국을 여덟 개로 나눈 행정 구역. 남한과 북한 전체를 이르는 말.

4부 · 세상을 밝히는 시

여태껏 나는 그 누구에게 연탄 한 장도 되지 못하였네

생각하면
삶이란
나를 산산이 으깨는 일

눈 내려 세상이 미끄러운 어느 이른 아침에
나 아닌 그 누가 마음 놓고 걸어갈
그 길을 만들 줄도 몰랐었네, 나는.

📑 감상 길잡이

연탄은 아낌없이 희생하는 사람 같아요. 자신을 태우면서 온기를 나눠 주니까요. 다 타고 나면 한 덩이 재가 될 줄 알면서도 타인을 위해 기꺼이 자신을 내줍니다. 재가 된 뒤에도 그냥 버려지지 않아요. 미끄러운 길에서 넘어지는 사람이 없도록 뿌려지지요. 그러니 이 "연탄 한 장"은 다른 이들을 위해 얼마나 많은 것을 주었나요?

시인은 길 위에 으깨진 연탄재를 보며 반성합니다. "한 덩이 재"로 남을 것이 두려워서 뜨겁게 사랑하지 못했던 삶을 돌아봐요. 우리에게도 연탄 한 장과 같은 마음의 불씨가 있답니다. 누군가 서럽고 슬퍼서 울고 있을 때, 연탄 한 장처럼 온기를 나눠 주는 사람이 여러분이라면 좋겠습니다.

나의 한 줄 평 ....

....

👐 활동

'연탄 한 장'과 같은 삶을 살다 간 인물이 등장하는 영화나 다큐멘터리를 함께 감상해 봅시다.

송사리

누구냐구요?
이젠 얼굴도 잊으셨네요.
강물 냇물 놔두고
논과 연못에 살았던 송사리예요.
송사리 끓듯 한다는 속담도 있잖아요
예전엔 그렇게 흔했었죠.
송사리 낚시나 그물은 없어요
우릴 해칠 마음이 없었거든요.
아이들이 간혹
물 담은 고무신이나 어항에 넣긴 했지만
이내 놓아줬어요.
원래가 친했으니까요.
그런데 논에는 농약 연못엔 폐수
이젠 살 데가 없네요.
그래서 꿈에 나타나 부탁하는 거예요.
어디 살 만한 데가 있으면
꼭 좀 알려 주세요.

여러분은 송사리를 본 적 있나요? 맞아요, 엄지보다 작은 송사리요. 맑은 계곡이나 냇가에 무리 지어 재빨리 돌아다니지요. 여름 방학 때 냇가에서 두 손을 오므려 송사리를 잡았던 적 있나요? 예전에는 고무신을 작은 배처럼 띄워 두고 송사리를 담기도 했대요.

그런데 환경이 오염되어 송사리가 사라졌습니다. 기후 위기로 인해 지구가 몸살을 앓고 있어요. 남극의 빙하가 녹고, 미세 먼지 때문에 아기들의 속눈썹이 길어졌다는 뉴스가 보도된 적도 있고요. 우리가 버린 쓰레기가 생태계를 파괴하고 있어요. 시인은 시를 통해 자신의 뜻을 전달한답니다. 그리고 송사리의 입장을 대신해서 목소리를 냅니다. 폐수와 오염수 때문에 송사리가 살 곳이 없으니, 정말 안타까운 현실입니다.

나의 한 줄 평 ···

···

활동

환경을 오염시키는 원인에는 무엇이 있을까요? 오늘부터 한 가지씩 실천할 수 있는 '지구 살리기 운동'을 생각해 볼까요?

들판이 적막하다

가을 햇볕에 공기에
익는 벼에
눈부신 것 천지인데,
그런데,
아, 들판이 적막하다—
메뚜기가 없다!

오 이 불길한 고요—
생명의 황금 고리가 끊어졌느니……

✏ 감상 길잡이

　가을이 되면 벼가 황금빛으로 익어 갑니다. 따스한 가을 햇볕 아래 화자가 들녘을 걸어갑니다. 가을의 풍요로운 정취를 느끼면서 말이죠. 그런데 분위기가 확 바뀝니다. 갑자기 불길한 기분이 들어서 주위를 둘러봅니다. 그 순간 평온은 깨지고, 이상한 적막에 휩싸입니다. 들판이 지나치게 조용한 원인이 "메뚜기가 없"어서란 걸 알아차렸기 때문이지요.

　메뚜기는 농사를 방해하는 해충으로 여겨지기도 해요. 농약을 쳐서 메뚜기를 없애 버렸기 때문에 들판이 조용한 것이지요. 농산물 수확량을 늘리려고 농약을 과도하게 사용하다 보니, 메뚜기가 다 사라져 버린 것입니다. 시인은 생태계가 심각하게 파괴된 현실을 그리며 문제의식을 드러내요. 그리고 "생명의 황금 고리"라는 말을 통해 모든 생명체가 사슬처럼 연결되어 있음을 말해 줍니다.

나의 한 줄 평 ....

....

👆 활동

「들판이 적막하다」는 2연 8행으로 짧지만, 화자의 감정이 여러 번 변해요. 어떻게 변화하는지 요약해 봅시다.

나를 키우는 말

행복하다고 말하는 동안은
나도 정말 행복해서
마음에 맑은 샘이 흐르고

고맙다고 말하는 동안은
고마운 마음 새로이 솟아올라
내 마음도 더욱 순해지고

아름답다고 말하는 동안은
나도 잠시 아름다운 사람이 되어
마음 한 자락이 환해지고

좋은 말이 나를 키우는 걸
나는 말하면서
다시 알지

사람의 말은 곧 그의 생각을 나타냅니다. 누군가 다른 사람의 흉을 자주 본다면 그의 마음은 미움으로 가득 차 있을 것이고, 고맙다고 말한다면 그 입술에는 감사가 있으며, 아름답다고 감탄한다면 그 눈동자에 아름다움을 찾아내는 능력이 있는 것이지요.

여러분은 어떤 말을 들었을 때 마음이 환해지는 기분을 느끼나요? 좋은 말은 나를 키워 주는 밑거름이 됩니다. 중학생이 되어서 여러분이 들었던 말 중에 가장 밝게 마음을 비춰 준 말이 있나요?

나의 한 줄 평 ··

··

활동

내가 들었던 기분 좋은 말을 적어 빙고 게임을 해 봅시다. 기분 좋은 말은 내가 듣고 싶은 말이자 상대를 배려하는 말이죠. 먼저 세 줄을 지운 사람이 승리해요.

길

김
종
상

길은 포도 덩굴
몇백 년이나 자라
땅덩이를 다 덮었다

이 덩굴 가지마다
포도송이 같은 마을이 있고
포도알 같은 집들이 달렸다

포도알이 늘 때마다
포도송이는 커 가고

갈봄 없이 자라 가는
이 덩굴을 통하여
사람과 사람이 도와 가고
마을과 마을은 이어져서

＊ **갈봄** 가을봄. 가을과 봄을 아울러 이르는 말.

세계는 한 덩이 과일로
토실토실 익어 가고 있는 것이다.

감상 길잡이

 시인은 시를 효과적으로 표현하기 위해서 '비유'를 씁니다. 비유가 무엇인지는 앞선 시들을 통해 충분히 알게 되었지요? 「길」의 시인은 "길"을 "포도 덩굴"에 비유합니다. 길이 여러 갈래로 나뉜 것처럼, 포도 덩굴에도 많은 가지가 달려 있으니까요.

 여러분! 여기서 길과 포도 덩굴의 공통점을 찾았나요? 공통점이야말로 비유의 핵심이랍니다. 두 대상의 비슷한 성질을 떠올리면, 그리고 싶은 장면을 구체적이고 명확하게 그릴 수 있어요. 포도 송이 안에 작은 집들을 상상해 보세요. 이 시를 읽으면 덩굴을 따라 마을과 마을이 이어지고, 이웃들이 오순도순 살아가는 모습이 떠오릅니다.

나의 한 줄 평 ....

....

💜 **활동**

비유에는 직유와 은유가 있어요. '길은 포도 덩굴이다.'라는 표현처럼 '~은 ~이다.'의 형식으로 대상을 간접적으로 나타내는 걸 은유법이라고 하지요. 은유법을 사용하여 자신을 재미있게 소개해 보세요.

비스듬히

생명은 그래요.
어디 기대지 않으면 살아갈 수 있나요?
공기에 기대고 서 있는 나무들 좀 보세요.

우리는 기대는 데가 많은데
기대는 게 맑기도 하고 흐리기도 하니
우리 또한 맑기도 흐리기도 하지요.

비스듬히 다른 비스듬히를 받치고 있는 이여.

종이 위에 컴퍼스가 있다고 생각해 보세요. 다리 하나가 축이 되고 다른 다리로 원을 그린다고 상상해 보세요. 컴퍼스는 기대지 않고 설 수 없죠? 사람도 마찬가지랍니다. 누구나 혼자 힘으로만 설 수 없어요.

시인의 시선은 눈에 보이지 않는 것도 찾아냅니다. 나무들이 공기에 기대고 서 있다니! 참신한 발견이지요. "비스듬히"라는 부사의 생김새를 보세요. 정말 서로 기대어 선 모양 같아요. "비스듬히"라는 부사를 제목으로 쓴 것도 재미있네요.

여러분도 힘들 때 어깨를 빌려준 친구가 있나요? 슬플 때 괜찮다고 달래 준 사람이 있나요? 사람 인(人)이라는 한자를 가만 들여다보세요. 두 획이 비스듬히 서로에게 기댄 모양이랍니다. 부축하고 기대며, 우리는 서로를 의지하며 살아갑니다.

나의 한 줄 평 ┈┈┈┈┈┈┈┈┈┈┈┈┈┈┈┈┈

┈┈┈┈┈┈┈┈┈┈┈┈┈┈┈┈┈┈┈┈┈┈┈┈┈┈┈┈┈┈┈

✌ **활동**

여러분이 마음 놓고 기댈 수 있는 사람을 떠올려 보세요.

3월

오규원

아침부터
펑 펑
봄눈이 내리더니

점심 무렵에는
산과
들이
눈부시게
하얀 이불을 덮고
잠이 들었다

골짝을
타고 내리는 물소리만
나즉 나즉

자장가처럼 들리던
하루가 지나고

　　　　　4부 · 세상을 밝히는 시

다시 아침이 오고
해가 떠오르더니

점심 무렵에는
산과
들에
좌아악 깔린 이불을
모조리
걷어 가 버렸다

이불이 걷힌
그 자리에는
잠자리에서 뛰어나온
아이들처럼

파란 싹들이
왁자지껄
일어나 있다

감상 길잡이

3월에 내린 봄눈이 새하얀 이불 같다니, 눈앞이 환해지는 것만 같아요. 아주 추운 겨울과 다르게, 3월에 내리는 눈은 이불을 폭 덮은 듯 포근하게 느껴지기도 합니다.

시는 우리에게 익숙한 것들을 뒤집어서 생각하게 만들어요. 다른 방식으로 신선하게 표현하지요. 그래서 시는 '독창적인 발견'이랍니다. 봄눈을 이불과 같다고 표현한 것도 시인만의 개성적인 시선이 드러난 표현이지요.

점심때가 되자 '산과 들을 눈부시게 덮었던 눈'이 점점 녹기 시작했나 봐요. 녹은 눈이 물이 되어 흐르는 소리가 자장가처럼 들려옵니다. 다음 날이 되자 눈 녹은 풍경을 "좌아악 깔린 이불을/모조리/걷어 가 버렸다"라고 표현합니다. 어때요? 또 한 번 무릎을 탁 치게 만드는 참신한 표현이지요!

나의 한 줄 평 ....

....

💙 **활동**

참신한 비유를 활용하여 한 문장으로 계절을 표현해 봅시다.

4부 · 세상을 밝히는 시

새로운 길

윤동주

내를 건너서 숲으로
고개를 넘어서 마을로

어제도 가고 오늘도 갈
나의 길 새로운 길

민들레가 피고 까치가 날고
아가씨가 지나고 바람이 일고

나의 길은 언제나 새로운 길
오늘도…… 내일도……

내를 건너서 숲으로
고개를 넘어서 마을로

감상 길잡이

이 작품의 주요 소재는 무엇인가요? 이제는 식은 죽 먹기죠? 맞아요. '길'이랍니다. 길을 소재로 하여 시인이 바라는 삶의 태도를 표현했어요. 시에 쓰인 운율을 살펴볼까요? "길"이나 "―도"를 반복해서 의미를 강조하고 있네요.

이 시에서 '나'는 길을 걸어갑니다. 길을 걸어가면서 만난 것들을 볼까요? 내, 숲, 민들레, 까치 등 다양해요. 여러분이 학교 가는 길을 떠올려 보세요. 오르막도 있고, 내리막도 있고, 좁은 길, 넓은 길도 있어요. 우리가 걸어가는 길이 평평하지만은 않죠. 그렇다면 이 시에서 드러내고자 하는 화자의 태도는 무엇일까요? 걸어가기 힘들다고 길 한가운데에서 멈출 수는 없겠지요. 시인은 「새로운 길」을 통해 우리의 인생을 표현한 게 아닐까요? 우리가 갈 길이 울퉁불퉁하더라도 "내를 건너서 숲으로/고개를 넘어서 마을로" 향하자는 의지를 드러낸 게 아닐까요?

나의 한 줄 평 ···

···

👆 **활동**

'윤동주문학관'에 가면 윤동주 시인과 관련된 전시 및 행사에 참여할 수 있답니다. 또한 '내를 건너서 숲으로'라는 도서관도 있으니 견학해 볼까요?

쓰기를 통한 읽기

　시를 읽으면서 머릿속에 장면을 그려 보세요. 뮤직비디오나 영화의 한 장면처럼 떠오르는 이미지 속에 머물러 보세요. 똑같은 시를 읽으면 모든 사람이 같은 장면을 떠올릴까요? 아니에요. 같은 시를 읽고도 사람마다 그리는 장면이 다를 수 있답니다. 신기하지요? 글에 자신만의 상상을 더해 해석하는 과정은 기존보다 폭 넓은 독해에 이르는 길이에요. 독서에 재미를 붙이는 방법이기도 하고요.

★ 활동

「나를 키우는 말」을 다시 읽어 보고, 여러 상상을 더해 봅시다. 그 과정을 통해 소설도 써 볼까요. 아주 짧은 이야기라도 좋아요.

1. 시를 읽고 화자가 누구인지, 어떤 시·공간에 있는지, 어떤 상황에 처해 있는지 자유롭게 상상해 봅시다.

화자는 어떤 존재일까?	
화자는 어떤 시·공간에 있을까?	
화자가 처한 구체적인 상황은 무엇일까?	

2. 1의 내용을 바탕으로 손안에 들어올 만큼 짧은 손바닥 소설을 써 볼까요. 노트 한 장, 서너 문단 정도로 짧아도 좋아요.

시인 소개

공광규
1960~

서울에서 태어나 충남 청양에서 자람. 1986년 월간 『동서문학』으로 등단함. 시집으로 『대학일기』 『마른 잎 다시 살아나』 『지독한 불륜』 『소주병』 『말똥 한 덩이』 『담장을 허물다』 『서사시 금강산』 등이 있음.

권태응
1918~1951

호는 동천(洞泉). 충북 충주에서 태어남. 경성제일고등보통학교를 거쳐 1937년 일본 와세다대학 정경학부에 입학함. 1944년부터 시조와 소설을 쓰기 시작해 이후 동시 쓰기에 몰두하여 『송아지』 『하늘과 바다』 『우리 시골』 『어린 나무꾼』 『물동우』 『우리 동무』 『작품』 『동요와 또』 『산골 마을』 등 아홉 권의 육필 동시집을 손수 엮음. 1951년 작고 후 1995년에 동시선집 『감자꽃』이 출간됨.

김광섭
1905~1977

호는 이산(怡山). 함북 경성에서 태어남. 1932년 와세대대학교 영문과를 졸업하고 1952년 경희대 문리대 교수로 취임함. 시집으로 『동경』 『마음』 『해바라기』 『성북동 비둘기』 『반응』 등이 있음.

김봉군
1941~

경남 남해에서 태어남. 지은 책으로 『문장기술론』 『문학개론』 『한국현대작가론』 『김동인론』 『이상론』 등의 문학비평서와 시집 『천년 그리움으로 떠 있는 섬』이 있음.

김선우
1970~

강원도 강릉에서 태어남. 1996년 계간 『창작과비평』에 시를 발표하며 등단함. 지은 책으로 시집 『내 몸속에 잠든 이 누구신가』 『나의 무한한 혁명에게』 『녹턴』 『내 따스한 유령들』, 장편소설 『물의 연인들』 『발원: 요석 그리고 원효』, 청소년소설 『희망을 부르는 소녀 바리』, 청소년시집 『댄스, 푸른푸른』 『아무것도 안 하는 날』 등이 있음.

김소월
1902~1934

본명은 정식(廷湜). 평안북도 구성에서 태어남. 오산학교와 배재고보 졸업. 김억의 지도와 영향으로 시를 쓰기 시작해 1920년 『창조』에 시를 발표하며 문학 활동을 시작함. 시집 『진달래꽃』(1925)을 펴냈고, 죽은 뒤에 김억이 엮은 『소월 시초』(1939)가 간행됨.

김영롱　　　충남 성신초등학교 6학년 때 「삼촌」을 씀.

김용택　　　전북 임실에서 태어남. 순창농림고를 졸업하고 초등학교 교사로 일함.
1948~　　　　1982년 '21인 신작 시집'에 시를 발표하며 등단. 시집 『섬진강』『맑은
　　　　　　날』『강 같은 세월』『그 여자네 집』『울고 들어온 너에게』, 동시집 『콩,
　　　　　　너는 죽었다』『너 내가 그럴 줄 알았어』『은하수를 건넜다』 등이 있음.

김유진　　　2009년 창비어린이 신인문학상에 당선되며 등단함. 지은 책으로 동시
1977~　　　　집 『뽀뽀의 힘』『나는 보라』, 청소년시집 『그때부터 사랑』, 평론집 『언
　　　　　　젠가는 어린이가 되겠지』, 학술서 『한국 현대 동시론』 등이 있음.

김종상　　　경북 안동에서 태어남. 1960년 서울신문 신춘문예에 동시가 당선되며
1935~　　　　등단함. 지은 책으로 동시집 『어머니 무명치마』『흙손 엄마』『어머니
　　　　　　그 이름은』, 동화 『생각하는 느티나무』『아기 사슴』 등이 있음.

김준현　　　경북 포항에서 태어남. 2013년 서울신문 신춘문예에 시가, 2015년 창
1987　　　　비어린이 신인문학상에 동시가 당선되며 등단함. 지은 책으로 동시집
　　　　　　『나는 법』『토마토 기준』, 청소년시집 『세상이 연해질 때까지 비가 왔
　　　　　　으면 좋겠어』, 시집 『흰 글씨로 쓰는 것』『자막과 입을 맞추는 영혼』
　　　　　　등이 있음.

나태주　　　충남 서천에서 태어남. 1971년 서울신문 신춘문예에 시가 당선되며 등
1945~　　　　단함. 시집 『대숲 아래서』『쪼금은 보랏빛으로 물들 때』『세상을 껴안
　　　　　　다』『사랑, 거짓말』『꽃을 보듯 너를 본다』, 청소년시집 『너에게도 안
　　　　　　녕이』 등이 있음.

나희덕　　　충남 논산에서 태어남. 1989년 중앙일보 신춘문예로 등단함. 지은 책
1966~　　　　으로 시집 『뿌리에게』『그 말이 잎을 물들였다』『그곳이 멀지 않다』
　　　　　　『어두워진다는 것』『사라진 손바닥』『야생사과』『말들이 돌아오는 시
　　　　　　간』『파일명 서정시』『가능주의자』 등이 있음.

문정희　　　전남 보성에서 태어남. 1969년 『월간문학』 신인상으로 등단. 시집 『어
1947~　　　　린 사랑에게』『오라, 거짓 사랑아』『양귀비꽃 머리에 꽂고』『나는 문
　　　　　　이다』『다산의 처녀』『응』『지금 장미를 따라』『작가의 사랑』『오늘은
　　　　　　좀 추운 사랑도 좋아』 등이 있음.

문현식
1947~

2008년 『어린이와 문학』에 동시를 발표하며 등단함. 지은 책으로 동시집 『팝콘 교실』『오늘도 학교로 로그인』등이 있음.

서장원

충북 청원에서 태어남. 제2회 이형기 디카시 신인문학상으로 등단함. 지은 책으로 시집 『보아야 봄이다』가 있음.

성명진
1966~

전남 곡성에서 태어남. 1990년 전남일보 신춘문예를 통해 등단함. 지은 책으로 동시집 『축구부에 들고 싶다』『걱정 없다 상우』『오늘은 다 잘했다』와 시집 『그 순간』『몰래 환했다』 등이 있음.

성미정
1967~

강원 정선에서 태어남. 1994년 현대시학을 통해 등단함. 지은 책으로 『대머리와의 사랑』『사랑은 야채 같은 것』『상상 한 상자』『읽자마자 잊혀져버려도』등이 있음.

심후섭
1951~

경북 청송에서 태어남. 대구매일신문 신춘문예와 월간문학 신인문학상에 동화가 당선되며 등단함. 지은 책으로 동화 『의로운 소 누렁이』『소야, 웃어 봐』『나무도 날개를 달 수 있다』『머루야 다래야』, 동시집 『도토리의 크기』등이 있음.

안도현
1961~

경북 예천에서 태어남. 1984년 동아일보 신춘문예에 시가 당선되어 등단함. 시집 『서울로 가는 전봉준』『모닥불』『외롭고 높고 쓸쓸한』『그리운 여우』『아무것도 아닌 것에 대하여』『간절하게 참 철없이』『북향』『능소화가 피면서 악기를 창가에 걸어둘 수 있게 되었다』등이 있음.

오규원
1945~2007

경남 밀양에서 태어남. 동아대 법학과 졸업. 1965년 『현대문학』에 시가 추천되어 등단함. 시집 『분명한 사건』『순례』『왕자가 아닌 한 아이에게』『이 땅에 씌어지는 서정시』『가끔은 주목받는 생(生)이고 싶다』『사랑의 감옥』『길, 골목, 호텔 그리고 강물 소리』『토마토는 붉다 아니 달콤하다』『새와 나무와 새똥 그리고 돌멩이』『두두』등이 있고, 동시집 『나무 속의 자동차』를 펴냄.

오세영
1942~

전남 영광에서 태어남. 1965년 『현대문학』에 시가 추천되어 등단함. 시집 『반란하는 빛』『가장 어두운 날 저녁에』『모순의 흙』『불타는 물』『꽃들은 별을 우러르며 산다』『적멸의 불빛』『시간의 쪽배』『북양항로』등이 있음.

윤동주
1917~1945

북간도 명동에서 태어남. 연희전문학교 문과 졸업. 일본 도시샤(同志社) 대학 영문과 재학 중 항일운동을 했다는 혐의로 체포되어 후쿠오카 형무소에서 복역하다가 1945년 2월 옥사함. 해방 후 유고 시집 『하늘과 바람과 별과 시』(1948)가 간행됨.

윤선도
1587~1671

조선 중기의 시인, 정치가. 호는 고산(孤山). 남인의 중심인물로, 치열한 당쟁으로 인해 일생을 거의 유배지에서 보냄. 시조에 뛰어나 정철의 가사와 더불어 조선 시가의 쌍벽을 이룸. 시조 「어부사시사」 「오우가」, 문집 『고산유고』 등을 남김.

이문구
1941~2003

충남 보령에서 태어남. 서라벌예술대 문예창작과 졸업. 1966년 『현대문학』에 단편소설이 추천되어 등단함. 소설집 『관촌수필』 『우리 동네』 『내 몸은 너무 오래 서 있거나 걸어 왔다』 등이 있고, 동시집 『개구쟁이 산복이』 『산에는 산새 물에는 물새』가 있음.

이문자
1941~2003

부산교육대학교를 졸업하고 초등학교 교사로 일함. 1999년 「아동문학세상」을 통해 등단함. 지은 책으로 동시집 『개구쟁이 비』가 있음.

이옥용
1957~

서울에서 태어남. 2001년 새벗문학상에 동시가 당선되며 등단함. 지은 책으로 동시집 『고래와 래고』 『알파고의 말』 『나는 "나"표 멋쟁이!』, 청소년시집 『ㅡ+』가 있음.

이해인
1945~

강원 양구에서 태어남. 1964년 수녀원에 입회함. 지은 책으로 시집 『민들레의 영토』 『내 혼에 불을 놓아』 『외딴 마을에 빈집이고 싶다』 『희망은 깨어 있네』 등이 있음.

장철문
1966~

전북 장수에서 태어남. 1994년 『창작과비평』 겨울호에 시를 발표하며 등단함. 지은 책으로 동화 『노루 삼촌』 『나쁜 녀석』, 시집 『바람의 서쪽』 『산벚나무의 저녁』 『무릎 위의 자작나무』 『비유의 바깥』, 동시집 『자꾸 건드리니까』 등이 있음.

정다연
1993~

2015년 『현대문학』 신인 추천을 통해 등단함. 지은 책으로 시집 『내가 내 심장을 느끼게 될지도 모르니까』 『서로에게 기대서 끝까지』, 청소년시집 『햇볕에 말리면 가벼워진다』 등이 있음.

정현종
1939~

서울에서 태어남. 1964년 『현대문학』에 시가 추천되어 등단함. 시집 『사물의 꿈』 『나는 별 아저씨』 『떨어져도 튀는 공처럼』 『사랑할 시간이 많지 않다』 『갈증이며 샘물인』 『한 꽃송이』 『세상의 나무들』 『광휘의 속삭임』 『그림자에 불타다』 등이 있음.

조재도
1957~

충남 부여에서 태어남. 1985년 『민중교육』에 시를 발표하며 등단함. 지은 책으로 시집 『교사일기』 『사십 세』 『그 나라』 『백제시편』 『약자를 부탁해』, 청소년시집 『자물쇠가 철컥 열리는 순간』 등이 있음.

최대호

지은 책으로 『읽어보시집』 『이 시 봐라』 『너의 하루를 안아줄게』 『솔직히 말하자면, 괜찮지 않아』 『평범히 살고 싶어 열심히 살고 있다』 『내 걱정은 내가 할게』 『보이지 않는 곳에서 애쓰고 있는 너에게』 『노력 없이 행복하고 걱정 없이 살아갈 것』 등이 있음.

허유미
1979~

제주에서 태어남. 2016년 『제주작가』 신인상으로 등단함. 청소년시집 『우리 어멍은 해녀』 등이 있음.

홍랑
생몰년 모름

조선 선조(재위 1567~1608) 때 함경도 홍원의 기생. 당대의 이름난 시인이었던 최경창이 1573년 북평사로 부임해 함경도 경성에 갔을 때 가까이 사귀었으며, 이듬해 봄에 최경창이 서울로 돌아가는 길에 함관령 고개까지 따라가 전송하고 그에게 시조를 지어 보냈다고 함.

작품 출처

공광규 「새싹」,『소주병』, 실천문학사 2004.

권태응 「산 샘물」,『감자꽃』, 창작과비평사 1995.

김광섭 「저녁에」,『성북동 비둘기』, 범우사 1969.

김봉군 「돌담장의 안녕」,『시조생활』 제126호, 2021.

김선우 「맨드라미」,『댄스, 푸른푸른』, 창비교육 2018.

김선우 「한 송이 말의 힘」,『댄스, 푸른푸른』, 창비교육 2018.

김소월 「엄마야 누나야」,『진달래꽃』, 매문사 1925.

김영롱 「삼촌」, 전국국어교사모임 엮음『국어시간에 시 읽기 1』, 휴머니스트 2020.

김용택 「콩, 너는 죽었다」,『콩, 너는 죽었다』, 실천문학사 1998.

김유진 「나비잠」,『뽀뽀의 힘』, 창비 2014.

김종상 「길」,『김종상 동시선집』, 지식을만드는지식 2015.

김준현 「우리 둘이」,『세상이 연해질 때까지 비가 왔으면 좋겠어』, 창비교육 2022.

나태주 「별밤에」,『세상을 껴안는다』, 지혜 2013.

나태주 「사랑에 답함」,『사랑, 거짓말』, 푸른길 2013.

나태주 「풀꽃」,『쪼금은 보랏빛으로 물들 때』, 시학 2005.

나희덕 「하늘의 별 따기」, 나희덕 외 지음·김이구 외 엮음『의자를 신고 달리는』,
　　　　창비교육 2015.

문정희 「겨울 사랑」,『어린 사랑에게』, 미래사 1991.

문현식 「비밀번호」,『팝콘 교실』, 창비 2015.

서장원 「봄비」,『보아야 봄이다』, 도서출판가 2024.

성명진 「빗길」,『축구부에 들고 싶다』, 창비 2011.

성미정 「후후후」,『엄마의 토끼』, 난다 2015.

심후섭 「봄비」, 김양순 엮음『내 마음의 동시 6학년』, 계림북스 2022.

안도현 「연탄 한 장」,『외롭고 높고 쓸쓸한』, 문학동네 1994.

오규원 「3월」,『나무 속의 자동차』, 비룡소 1995; 문학과지성사 2008.

오세영　「유성」,『적멸의 불빛』, 문학사상사 2001.

윤동주　「나무」, 홍장학 엮음『정본 윤동주 전집』, 문학과지성사 2004.

윤동주　「반딧불」, 홍장학 엮음『정본 윤동주 전집』, 문학과지성사 2004.

윤동주　「새로운 길」, 홍장학 엮음『정본 윤동주 전집』, 문학과지성사 2004.

윤선도　「오우가」, 성낙은 엮음『고시조 산책』, 국학자료원 1996.

이문구　「송사리」,『산에는 산새 물에는 물새』, 창비 2003.

이문자　「석류 이야기」,『개구쟁이 비』, 마이템 2022.

이옥용　「넌 어느 쪽이니?」,『-+』, 도토리숲 2022.

이해인　「나를 키우는 말」,『외딴 마을의 빈집이고 싶다』, 열림원 1999;『서로 사랑
　　　　하면 언제라도 봄』, 열림원 2015.

이해인　「상처의 교훈」,『희망은 깨어 있네』, 마음산책 2010.

장철문　「거꾸로 말했다」,『동시마중』제45호, 2017.

정다연　「착한 사람」,『햇볕에 말리면 가벼워진다』, 창비교육 2024.

정현종　「들판이 적막하다」,『한 꽃송이』, 문학과지성사 1992.

정현종　「비스듬히」,『견딜 수 없네』, 시와시학사 2003; 문학과지성사 2013.

조재도　「자물쇠가 철컥 열리는 순간」,『자물쇠가 철컥 열리는 순간』, 창비교육 2015.

조재도　「큰 나무」,『자물쇠가 철컥 열리는 순간』, 창비교육 2015.

최대호　「살 만한 것」,『읽어보시집』, 넥서스 2020.

허유미　「눈물 한 방울」,『우리 어멍은 해녀』, 창비교육 2020.

홍랑　　「묏버들 가려 꺾어」, 고미숙·임형택 엮음『한국고전시가선』, 창작과비평사
　　　　1997.

수록 교과서 보기

지은이	작품명	수록 교과서
공광규	새싹	비상(박현숙) 1-1
권태응	산 샘물	천재(정호웅) 1-1
김광섭	저녁에	천재(노미숙) 1-2
김봉군	돌담장의 안녕	해냄에듀(강양희) 1-1
김선우	맨드라미	해냄에듀(강양희) 1-1
김선우	한 송이 말의 힘	미래엔(신유식) 1-2
김소월	엄마야 누나야	해냄에듀(강양희) 1-1
김영롱	삼촌	해냄에듀(강양희) 1-1
김용택	콩, 너는 죽었다	창비교육(이도영) 1-2
김유진	나비잠	미래엔(신유식) 1-2
김종상	길	미래엔(신유식) 1-1
김준현	우리 둘이	지학사(서혁) 1-1
나태주	별밤에	창비교육(이도영) 1-1
나태주	사랑에 답함	미래엔(신유식) 1-1
나태주	풀꽃	지학사(서혁) 1-1, 해냄에듀(강양희) 1-2
나희덕	하늘의 별 따기	천재(노미숙) 1-1
문정희	겨울 사랑	비상(박영민) 1-2
문현식	비밀번호	동아(남궁민) 1-1
서장원	봄비	미래엔(신유식) 1-1
성명진	빗길	미래엔(신유식) 1-1
성미정	후후후	미래엔(민병곤) 1-1
심후섭	봄비	지학사(서혁) 1-1
안도현	연탄 한 장	해냄에듀(강양희) 1-1

지은이	작품명	수록 교과서
오규원	3월	동아(남궁민) 1-1, 비상(박현숙) 1-1, 천재(노미숙) 1-1, 천재(정호웅) 1-1
오세영	유성	지학사(서혁) 1-1
윤동주	나무	미래엔(민병곤) 1-1
윤동주	반딧불	미래엔(민병곤) 1-1
윤동주	새로운 길	동아(남궁민) 1-1, 비상(박영민) 1-1
윤선도	오우가	지학사(서혁) 1-1, 천재(노미숙) 1-1, 천재(정호웅) 1-1, 해냄에듀(강양희) 1-1
이문구	송사리	천재(정호웅) 1-2
이문자	석류 이야기	미래엔(민병곤) 1-1
이옥용	넌 어느 쪽이니?	미래엔(신유식) 1-2
이해인	나를 키우는 말	미래엔(신유식) 1-2
이해인	상처의 교훈	미래엔(민병곤) 1-1
장철문	거꾸로 말했다	동아(남궁민) 1-1
정다연	착한 사람	교과서 밖의 시
정현종	들판이 적막하다	비상(박영민) 1-2
정현종	비스듬히	비상(박현숙) 1-2
조재도	자물쇠가 철컥 열리는 순간	지학사(서혁) 1-2
조재도	큰 나무	천재(정호웅) 1-1
최대호	살 만한 것	미래엔(신유식) 1-1
허유미	눈물 한 방울	교과서 밖의 시
홍랑	묏버들 가려 꺾어	비상(박현숙) 1-1

국어 교과서
작품 읽기

문해력 UP 활용북
중1

창비
Changbi Publishers

국어 교과서 작품 읽기(최신 개정판)
중1 문해력 UP 활용북

펴낸이 · 염종선
책임편집 · 안신희 구본슬
조판 · 장수경
펴낸곳 · (주)창비
등록 · 1986년 8월 5일 제85호
주소 · 10881 경기도 파주시 회동길 184
전화 · 031·955·3333
팩스 · 영업 031·955·3399 편집 031·955·3400
홈페이지 · www.changbi.com
전자우편 · ya@changbi.com

ⓒ (주)창비 2024

'국어 교과서 작품 읽기' 최신 개정판을 펴내며

국어는 왜 어려울까요? 우리말과 글을 이미 능숙하게 쓰고 있는데도 국어 과목이 너무 어렵다며 푸념을 늘어놓는 아이들을 종종 만납니다. 국어를 배우는 시간을 자신과 세상을 이해하고 성장하는 과정으로 생각해 보면 어떨까요? 국어는 읽고 쓰는 기능뿐 아니라 우리말과 글의 아름다움을 느끼고 가치를 내면화하면서 세상과 소통하는 법을 배우는 과목입니다. 다양한 삶의 모습이 담긴 문학 작품은 인간과 세계를 깊게 이해하는 통로가 되어 주지요. 작품 속 이야기를 거쳐 다시 우리가 발 딛고 있는 현실로 돌아와 앞으로 어떤 삶을 살아갈지 고민하게 된다면, 그것이 바로 성장의 과정이라 할 수 있습니다.

2025년 중학교 1학년부터 적용되는 '2022 개정 교육과정'은 미래 변화에 대응하는 역량을 강조합니다. 디지털 사회로의 전환, 기후 환경의 변화, 출생 인구의 감소 등 우리는 이미 전과 다른 세상을 살고 있습니다. 이런 변화에 발맞추어 새로운 국어 교육과정에서는 디지털·미디어 역량을 기르기 위한 '매체' 영역이 추가되었습니다. 디지털 기기를 활용하는 것에서 그치지 않고, 매체 자료를 비판적으로 이해하고 자신의 생각을 창의적으로 표현하는 것을 목표로 합니다. 이처럼 미래를 잘 맞이하려면 단순히 새로운 기술을 습득하는 것을 넘어, 변화된 환경 속에서 자신의 삶을 주도적으로 살아갈 수 있어야 합니다. 이를 위해서는 나를 둘러싸고 있는 세상을 읽어 낼 수 있는 힘을 갖추어야 하지요. 문해력을 기르는 이유도 단순히 성적을 몇 점 올리기 위해서가 아니라 삶을 가꾸기 위해서입니다.

'국어 교과서 작품 읽기' 최신 개정판에서는 새로 바뀐 중학교 1학년 국어 교과서 10종에 실린 문학 작품을 시, 소설, 수필·비문학 갈래별로 가려 모으고, 다양한 활동을 포함했습니다. 단어의 뜻을 정확히 파악했는지, 중심 내용을 제대로 이해했는지, 앞뒤 맥락을 바탕으로 작품의 의미를 파악했는지 알아보며 문해력을 키울 수 있는 활동입니다. 중학교라는 새로운 터전, 청소년이라는 낯선 시기에 적응하고 있을 학생들이 지레 겁먹지 않도록 중학교 1학년의 눈높이에 맞추어 수록작을 꼽고 도움 글을 실었습니다. 문해력을 단번에 기를 수 있거나 국어 실력이 순식간에 발돋움할 수 있는 마법의 약은 없습니다. 의무감으로 해치워야 할 숙제처럼 서두르지 말고, 즐거운 마음으로 작품을 감상하며 차근차근 기초를 쌓아 가면 좋겠습니다.

차례

중1
시

권태응 「산 샘물」 | 23쪽 |

▶ "송송송", "졸졸졸" 같은 음성 상징어를 활용하면 시에서 생동감이 느껴진답니다. 음악성도 살아나지요. 오늘 여러분이 만난 풍경을 음성 상징어를 활용하여 표현해 볼까요?

문구점 앞 인형 뽑기 기계에선 뽀로롱뽀로롱 소리가 난다.

심훈섭 「봄비」 | 26쪽 |

▶ 자신이 들었던 빗소리를 음악으로 표현해 볼까요. 음악의 장르로 표현해도 좋고, 악기 소리 중 하나로 표현해도 좋아요.

장마 때 거센 빗줄기가 드럼 소리 같았다.

서장원 「봄비」 | 28쪽 |

▶ 「봄비」에는 "사랑꾼 걸음마"라는 표현이 나와요. 어떤 걸음이 사랑꾼이라는 표현에 걸맞을까요? 여러분의 생각을 알려 주세요.

상대에게 속도를 맞추며 천천히 걷는 걸음.

성미정 「후후후」 | 31쪽 |

▶ 좋아하는 꽃의 꽃말을 찾아볼까요? 그 꽃이 나를 응원해 준다면 뭐라고 할 것 같나요?

· **좋아하는 꽃:** 스위트피
· **꽃말:** 추억, 즐거움.
· **응원의 말:** "매일매일 즐거운 추억들을 많이 만들어 가길 응원할게."

김유진 「나비잠」 | 33쪽 |

▶ 나비잠 말고도 잠과 관련된 우리말이 더 있답니다. 다음 단어의 뜻을 알아볼까요?

· **노루잠**: 깊이 들지 못하고 자꾸 놀라 깨는 잠.
· **새우잠**: 새우처럼 등을 구부리고 자는 잠.
· **말뚝잠**: 꼿꼿이 앉은 채로 자는 잠.

김용택 「콩, 너는 죽었다」 | 35쪽 |

▶ 시인이 "콩, 너는 죽었다"만 따로 떼어 하나의 연으로 구성한 이유에 대해 이야기해 봅시다.

읽는 사람이 그 부분에 더 집중할 수 있도록 하기 위해서.

이문자 「석류 이야기」 | 37쪽 |

▶ '一쟁이'라는 접미사는 명사 뒤에 붙어 어떤 성질이나 모양을 많이 가진 사람이라는 뜻을 더하지요. 시인이 석류를 "수줍음쟁이", "부끄럼쟁이"라고 한 것처럼 과일을 하나 골라 별명을 만들어 볼까요?

레몬처럼 톡톡 튀는 내 친구, 개구쟁이.

윤동주 「반딧불」 | 39쪽 |

▶ '그믐달'은 어떤 모습의 달일까요? '그믈다'를 통해 유추해 보세요.

'그믈다'가 '사그라들다'의 옛말이니, '그믐달'은 작아지는 모습의 가느다란 달일 것 같다.

최대호 「살 만한 것」 | 41쪽 |

▶ 최근 주변 사람과 주고받은 대화 중 하나를 떠올려 시로 써 볼까요?

인상 깊거나 재미있었던 대화를 떠올려서 자유롭게 써 보세요.

오세영 「유성」 | 43쪽 |

▶ 유성이 떨어질 때 소원을 빌면 이루어진다는 말이 있어요. 살다 보면 언젠가 또르르 지구로 떨어지는 별을 목격할지도 모르는 일. 그 순간을 위해 소원 하나 떠올려 볼까요?

가족들과 친구들이 언제나 건강했으면 좋겠습니다.

시어와 친해지기

1부에서는 음성 상징어의 사용으로 음악성이 두드러지는 작품이 두루 눈에 띄네요. 음성 상징어는 모양을 표현한 의태어, 소리를 표현한 의성어를 함께 이르는 말입니다. 이러한 단어를 시에 쓰면 보다 구체적이고 감각적인 표현이 가능하지요. 시를 다시 읽으면서 음성 상징어가 어떻게 쓰였는지 살펴볼까요. 시어의 생생한 감각을 함께 느껴 보면서요.

활동 1

심후섭 시 「봄비」를 다시 읽어 보고, 시에 등장하는 의성어가 어떻게 쓰였는지 알아봅시다.

1. 다음 의성어의 의미를 사전에서 찾아보세요.
   - **퐁퐁:** 액체 따위가 좁은 구멍으로 거세게 쏟아져 나오는 소리. 또는 그 모양.
   - **댕그랑:** 작은 쇠붙이, 방울, 종, 풍경 따위가 흔들리거나 부딪칠 때 나는 소리.

2. '댕그랑 댕그랑'을 '땅그랑 땅그랑'으로 바꾸면 어떤 느낌이 드는지 이야기해 보세요.
   좀 더 거세고 힘찬 느낌이 난다.

3. '퐁퐁'은 의성어로도 의태어로도 쓰입니다. '퐁퐁'을 활용해 짧은 글짓기를 해 보세요.

   예시) '댕그랑 댕그랑'을 활용한 짧은 시

   가을 아침 들었네
   댕그랑 댕그랑 종소리
   귀 기울인 내 마음도
   댕그랑 댕그랑

   물이 퐁퐁 시냇가 옆
   웃음이 퐁퐁 어느 가족

「후후후」를 다시 읽어 보세요. 이번에도 음성 상징어를 위주로 살펴볼까요?

1. 시 전체의 내용을 바탕으로 '후후후'와 '후후'의 차이를 설명해 보세요.

「후후후」에서 화자인 민들레가 바라보는 아기는 작고 연약하다. 아기는 솜털 같은 홀씨도 단번에 불기 어려워 '후후후' 세 번 분다. 화자는 아기에게 내년에 다시 만날 때는 '후후' 두 번이면 될 것 같다고 한다. '후후후'와 '후후'는 작고 여린 아기와 조금 더 자란 아기를 표현한 것 같다.

2. 글자 수에 따른 의미 변화를 활용해 음성 상징어를 활용한 짧은 글짓기를 해 보세요.

예) 호, 호호, 호호호/ 콩, 콩콩, 콩콩콩 등

자리를 바꾸는 날, 멀리서만 바라보던 그 애가 내 옆자리에 앉았다. 심장이 쿵 내려앉았다. 수업을 듣다가 고개를 돌리면 쿵쿵, 또 쿵쿵 소리가 들리는 것 같다. 짝꿍의 손 그리기를 한다는 미술 시간에도 쿵쿵쿵, 쿵쿵쿵쿵 자꾸 떨린다.

김선우 「맨드라미」 | 52쪽 |

▶ 비슷한 성질을 가진 두 사물을 '같이', '처럼', '듯이' 등을 사용하여 비유하는 것을 직유법이라고
해요. 시 「맨드라미」의 "쭈글쭈글 닭 벼슬 같아"도 직유법을 활용한 문장이지요. 직유법을 써서 한
문장을 완성해 볼까요?

봉숭아꽃 씨앗이 폭죽처럼 톡톡 터진다.
너는 거울처럼 내 마음을 환히 비춰 준다.

공광규 「새싹」 | 54쪽 |

▶ 우리들의 시작은 새싹처럼 약하고 시시해 보일지 몰라요. 하지만 그 안에 활짝 펼쳐질 가능성
을 품고 있어요. 미래의 모습은 어떨지 짧은 글을 써 봅시다.

미래에는 친환경 에너지를 활용하는 기술이 점점 더 중요해질 것이다. 나는 전기 자동차에 관심이
많다. 태양광 에너지로 움직이는 전기 차를 만드는 연구자가 되고 싶다.

김소월 「엄마야 누나야」 | 56쪽 |

▶ 시인들은 시를 다듬을 때 리듬감을 살리려고 소리 내어 작품을 읽기도 해요. 노래가 된 시를
찾아 모둠별로 함께 불러 봅시다.

「진달래꽃」 (김소월 시, 마야 노래)

김영룡 「삼촌」　　　　　　　　　　　　　　　　　　　　| 58쪽 |

▶ 「삼촌」에서 '숟가락'은 단순한 물건이 아니지요. 삼촌에 대한 그리움과 슬픔을 담은 물건, 즉 정서를 드러내는 물건이 됩니다. 나에게도 특별한 정서를 담은 물건이 있나요?

· **기억에 남은 물건:** 토끼 인형 키링
· **나만의 경험을 한 시기:** 초등학교 6학년 때 단짝이던 은지가 미국으로 이민을 가게 되었을 때, 은지와 함께 토끼 인형 키링을 하나씩 사서 나누어 가졌다.
· **내가 느낀 감정:** 중학생이 되어 이사하면서 키링을 잃어버렸고, 은지와는 연락이 닿지 않아 서서히 멀어져 갔다. 어느 날 학교 앞 인형 가게에서 우연히 은지와 샀던 것과 비슷한 인형 키링을 보게 되었다. 은지가 보고 싶었고, 변치 않는 우정을 다짐했던 날들이 떠올라 쓸쓸했다.

나태주 「사랑에 답함」　　　　　　　　　　　　　　　　| 60쪽 |

▶ 감정의 종류에는 어떤 것들이 있을까요? 감정을 표현하는 단어를 골라 짧은 글쓰기를 해 봅시다.

우정에 답함

절친이 나랑 싸우고 나서 / 다른 애랑 더 친하게 놀면 서운하다

큰 소리로 웃고 떠들면서도 / 나에게는 말을 걸지 않으니 섭섭하고 얄밉다

내 마음은 아직 네 옆에 있는데 / 절친과 사이가 멀어질까 봐 / 가슴 아프고 두렵다

절친이 먼저 / 화해하자고 손을 내밀었을 때 / 미안하고 고마웠다

내가 먼저 사과할걸 / 무거웠던 마음을 내려놓았다 / 화해하게 되어 후련하다

나희덕 「하늘의 별 따기」 | 63쪽 |

▶ 「하늘의 별 따기」의 '별'이 상징하는 것이 무엇인지 친구들과 생각을 나누고, 서로 어떻게 다른지 알아볼까요?

나는 '별'이 손에 잡히지는 않지만 내 마음속에 분명히 존재하는 반짝이는 마음이라고 생각했다. 친구는 '별'이 모두가 욕심 내지 않고 함께 공유해야 아름답게 보존할 수 있는 자연 같은 것이라고 생각했다.

윤동주 「나무」 | 65쪽 |

▶ 시인이 살았던 시대적 배경이나 일생을 알고 나서 시를 읽으면 더욱 풍부하게 해석할 수 있어요. 윤동주 시인의 약력을 조사하여 간략하게 정리해 봅시다.

1917년 북간도에서 태어나 연희전문학교를 졸업했다. 일본 도시샤 대학 영문과에서 공부하던 중 독립운동을 한 혐의로 체포되었다. 이후 후쿠오카 형무소에서 1945년 세상을 떠났다. 해방 후에 유고 시집 「하늘과 바람과 별과 시」가 발간되었다.

정다연 「착한 사람」 | 67쪽 |

▶ "다들 괜찮다는데 왜 너만 예민하게 굴어?"와 같은 말로 상처를 입었던 적이 있나요? 그럴 때 어떻게 치유했는지, 짧은 글을 써 봅시다. 그 경험을 통해 깨닫게 된 사실은 무엇인가요?

지난 명절에 삼촌이 내 외모를 놀려서 기분이 나빴는데, 하지 말라고 말하니 그냥 장난이라며 웃어 넘겼던 적이 있다. 집에 돌아오고 나서도 속상한 마음이 들어서 왜 기분이 나빴는지 일기에 정리해서 썼더니 마음이 많이 차분해졌다. 다음부터는 비슷한 상황이 와도 상대방에게 더 명확하게 내 마음을 표현할 수 있을 것 같았다. 그 일을 통해서 내 마음을 잘 알고 표현하는 일이 중요하다는 것을 알게 되었다.

이해인 「상처의 교훈」 | 69쪽 |

▶ 상처를 받았을 때 옆에서 도움을 준 사람이 있나요? 누군가와 함께 성장한 경험이 있는지 떠올려 봅시다.

지난 수학 시험 결과가 좋지 않았다. 노력해도 안 되는 것 같아서 실망스럽고 속상했다. 그런데 옆자리 수민이가 수학 필기 노트도 빌려주고, 어려운 문제를 같이 풀어 줘서 다시 조금씩 자신감을 얻을 수 있었다.

장철문 「거꾸로 말했다」 | 71쪽 |

▶ 내 마음과 다르게 말해 본 적이 있나요? 솔직하게 써 봅시다.

수행 평가 준비를 하던 중 민지가 노래방에 가자고 했다. 거절하고 싶었지만 민지의 기분이 상할까 봐 얼떨결에 "좋아!"라고 말해 버렸다. 친구를 배려하다가 스스로에게 솔직하지 못했던 것 같다는 생각이 들었다. 다음에는 확실히 말해야겠다. "오늘은 안 돼. 수행 평가 끝나고 같이 놀자."

조재도 「자물쇠가 철컥 열리는 순간」 | 74쪽 |

▶ 끈질기게 도전해서 무언가를 성취한 경험이 있나요? 내 앞을 가로막던 자물쇠가 철컥 열린 것 같은 순간에 관해 이야기해 보아요.

피아노 학원에서 콩쿠르가 열린다고 해서 꼬박 6개월 동안 밤늦게까지 연습했다. 콩쿠르 날, 실수할까 봐 긴장했지만 연습했던 기억을 떠올리며 침착하게 연주를 마쳤다. 그 결과로 우수상을 받아서 무척 기뻤다. 꾸준히 노력하면 나도 할 수 있다는 자신감과 뿌듯함을 느꼈다.

조재도 「큰 나무」 | 76쪽 |

▶ 내가 생각하는 '어른스러운 말'은 무엇인가요? 두세 줄 정도 간단히 요약해 봅시다.

"괜찮아. 잘하고 있어." / "정말 고생했어. 대단하다." / "내 친구가 되어 줘서 고마워."

시의 기본 개념 알기

기본적인 시의 표현 방법을 아는 것은 작품 이해에 도움이 된답니다. 그래서 이번에는 중학생이 꼭 알아야 할 세 가지 표현 방법인 운율, 비유, 상징에 대해 알아보려고 해요.

운율은 시를 읽을 때 느껴지는 말의 가락입니다. 가락이란 음악성을 더해 주는 음의 흐름이에요. 시에서는 반복을 통해서 음악성을 형성하곤 합니다. 특정한 소리, 비슷한 글자, 문장 구조가 반복될 때 운율이 생겨나는 거지요. 앞서 살핀 시 「사랑에 답함」을 다시 한번 읽어 보세요. 운율이라는 개념을 알고 읽으면 또 새로운 감상을 느낄 수 있을 거예요.

비유는 표현하려는 대상(원관념)을 그와 공통점이 있는 다른 대상(보조 관념)에 빗대어 표현하는 방법입니다. 상징 역시 표현하려고 하는 대상을 다른 대상에 빗댄다는 점에서는 같아요. 다만 비유가 구체적인 두 대상 사이의 공통점을 바탕으로 한다면 상징은 눈에 보이지 않는 추상적인 대상을 구체적으로 나타내지요.

예를 들어 '사과 같은 얼굴'이라는 표현은 얼굴을 사과에 비유하고 있어요. 동그랗고 붉고 고운 얼굴이 사과와 공통점이 있어서일 거예요. 한편 행운을 '네잎클로버'로 빗댄다면 비유보다는 상징이라고 할 수 있지요.

1. 이제 지금까지의 설명을 참고하여 시의 표현 방법 개념을 간단하게 정리해 볼까요?

   · 운율: 시를 읽을 때 느껴지는 말의 가락.
   · 비유: 표현하려는 대상을 공통점이 있는 다른 대상에 빗대어 표현하는 것.
   · 상징: 추상적인 대상을 구체적인 사물에 빗대어 표현하는 것.

2. 시의 표현 방법을 참고해 「맨드라미」를 다시 읽어 보고, 다음 활동에 답해 보세요.

   · 「맨드라미」에서 운율이 느껴지는 이유: 나 해 이렇게 생겼나, 그는 왜 그렇게 생겼나」 등 비슷한 표현이 반복되었다.
   · 「맨드라미」에서 쓰인 비유적 표현: '꾸글꾸글 닭 벼슬 같네'
   · 그 효과: 맨드라미의 생김새에 대해 생생하게 상상해 볼 수 있고, 시를 재미있게 읽을 수 있다.

성명진 「빗길」 | 83쪽 |

▶ 이 시에서 "빗길"은 무엇을 상징하고 있나요? 누군가와 빗길을 함께 걸었던 경험을 떠올려 보고, 그 당시 상대방의 말이나 행동을 기록해 보세요.

'빗길'은 삶에서 마주하는 힘든 시간을 상징하는 것 같다. 예전에 키우던 강아지가 죽어서 슬펐을 때, 엄마가 나를 안아 주며 "강아지 별에서 즐겁게 지내고 있을 거야."라고 위로해 주었다.

문현식 「비밀번호」 | 85쪽 |

▶ □을 빼고 「비밀번호」를 낭독해 본 다음, □을 포함하여 다시 낭독해 보세요. 어떤 차이가 느껴지나요? 이 시에서 □의 역할은 무엇인지 생각해 봅시다.

□ 없이 낭독할 때는 시가 어딘가 부족하게 느껴졌다. □을 포함해서 읽으니 리듬감이 생기고 더 재미있게 읽을 수 있었다. 시에서 □은 독자가 시에 더 집중할 수 있도록 해 주는 것 같다.

윤선도 「오우가」 | 88쪽 |

▶ 내가 친구하고 싶은 동식물을 하나 선정해 볼까요. 대상과 친구가 되고 싶은 이유도 밝혀 주세요.

판다와 친구가 되고 싶다. 여유롭고 느긋한 판다와 함께 있으면 내 마음도 편안해질 것 같다.

문정희「겨울 사랑」 | 90쪽 |

▶ "따스한 겨울"이라는 표현에 담긴 의미는 무엇일까요? 자신의 생각을 이야기해 봅시다.

겨울은 추운 계절이지만, 사랑하는 사람에게 따뜻한 계절이 될 수 있도록 곁을 지켜 주고 싶다는 의미인 것 같다.

김준현「우리 둘이」 | 92쪽 |

▶ 답답한 마음에 갇힌 친구를 즐겁게 할 방법을 한 가지 떠올려 볼까요?

함께 공원에서 숨이 차도록 달린 뒤 시원한 음료수를 마신다.

김봉군「돌담장의 안녕」 | 94쪽 |

▶「돌담장의 안녕」을 소리 내어 읽는다면 어떻게 끊어 읽을까요? 효과적인 낭독 방법을 생각해 봅시다.

아랫돌이 / 윗돌에게 / 업어 줘서 / 고맙댔어
윗돌이 / 아랫돌에게 / 업혀 줘서 / 고맙댔지
몇백 돌 / 몇천 돌들이 / 입을 모아 / 고맙댔네

홍랑 「묏버들 가려 꺾어」 | 96쪽 |

▶ 그리운 이에게 나를 대신해 무언가를 보낸다면, 여러분은 어떤 대상을 선택할 건가요? 선택한 이유도 함께 써 보세요.

앵무새를 보내고 싶다. 외롭거나 심심하지 않도록 내 빈자리를 채워 줄 것 같다.

나태주 「풀꽃」 | 98쪽 |

▶ 여러분은 무언가를 자세히 살펴보다 새로운 아름다움을 발견했던 경험이 있나요? 자유롭게 이야기해 봅시다.

학교 앞 화단에 코스모스가 피어 있었는데, 매번 제대로 보지 않고 지나다녔다. 어느 날 친구를 기다리다가 문득 코스모스를 자세히 보고, 오묘한 분홍빛이 무척 예쁘다는 것을 처음 알게 되었다.

김광섭 「저녁에」 | 100쪽 |

▶ 누군가와 다시 만날 수 있기를 간절하게 바란 경험이 있다면 이야기해 봅시다.

초등학생 때 원래 살던 곳에서 먼 지역으로 이사를 가게 되었던 적이 있다. 친하게 지내던 친구와 나중에 어른이 되어서 꼭 다시 만나고 싶다.

허유미 「눈물 한 방울」 | 103쪽 |

▶ 「눈물 한 방울」에서는 바다를 "해녀의 거대한 눈물 한 방울"이라고 비유했어요. 이 눈물은 바람보다 크고, 따뜻한 온기로 섬을 잠들게 하지요. 눈물 한 방울이 무엇을 더 할 수 있을지 상상해 볼까요?

눈물 한 방울은 많은 바닷속 생명들을 살게 해 주고, 답답한 마음에 바닷가를 찾아온 사람들에게 위로를 줄 수 있다.

3부 문해력 키우기

소리 내어 읽기

3부에는 우정을 노래한 시가 다수 실려 있습니다. 여러분은 시를 읽으면서 어떤 생각을 했나요? 소중한 친구를 떠올렸나요, 내게도 이런 친구가 있었으면, 내가 이런 친구가 되어 준다면 하는 가정을 해 보았나요. 마음속에 친구를 떠올리며 시를 소리 내 읽어 보세요. 눈으로만 읽을 때와 는 다른 느낌이 들 거예요. "시는 잘 모르겠어."라고 하는 친구들에게, 낭독은 꼭 추천하고 싶은 읽기 방법이랍니다.

3부에 수록된 시 중 친구에게 읽어 주고 싶은 작품을 한 편 선택해 다음 활동을 해 보세요.

1. 시인과 시 제목을 알려 주세요. 고른 이유는 무엇인가요?
   · 시인 / 시 제목: 김준현 / 「우리 둘이」
   · 고른 이유: 읽으면서 내가 힘들 때마다 나를 웃겨 주는 친구 ○○가 떠올라서.

2. 작품을 찾아 옮겨 써 보세요.

3. 시의 의미가 잘 살아나도록 천천히 소리 내 읽어 보세요.

4. 친구에게 시를 읽어 주고 난 뒤 덧붙이고 싶은 메시지를 써 보세요.

   ○○아(야), 나는 이 시를 너와 함께 읽고 싶어. 다른 사람들이랑 있으면 긴장을 많이 하는 편인데 너랑 있으면 마음이 편하거든. 입에서 고래가 튀어나오듯 숨기고 있던 모습이 튀어나온달까, 둘고 래가 되어서 바다를 헤엄치는 우리를 상상해 봐. 얼마나 신날까 함께 웃고 슬퍼하고 노래하면서 오래오래 친구로 지내자. 세상 끝까지 헤엄치는 돌고래 두 마리처럼 말이야.

시 21

나태주 「별밤에」 | 112쪽 |

▶ 감각이란 눈, 코, 귀, 혀, 살갗을 통해 어떤 자극을 알아차리는 걸 말해요. 「별밤에」에서는 귀(청각)로 들은 표현이 많이 나와요. 한 가지 감각에 집중하여 짧은 글을 써 봅시다.

봄에는 부드러운 바람, 여름에는 쨍쨍한 햇빛, 가을에는 선선한 바람, 겨울에는 차가운 공기가 내 뺨에 닿는다.

김선우 「한 송이 말의 힘」 | 114쪽 |

▶ 인터넷에서 자주 쓰는 은어, 신조어, 비속어의 뜻을 조사해 보고 고쳐 써 볼까요?

꾸안꾸: '꾸민 듯 안 꾸민 듯'이라는 뜻. '자연스럽다'라고 고쳐 쓸 수 있다.

이옥용 「넌 어느 쪽이니?」 | 117쪽 |

▶ 평소 무심코 쓰는 말 중에 누군가를 상처 주거나 편견을 담은 표현이 있지는 않았는지 생각해 볼까요? 어떻게 바꾸어 말할 수 있을까요?

벙어리장갑 ⇨ 손모아장갑

안도현 「연탄 한 장」 | 120쪽 |

▶ '연탄 한 장'과 같은 삶을 살다 간 인물이 등장하는 영화나 다큐멘터리를 함께 감상해 봅시다.

유관순 열사의 삶을 다룬 영화 「항거: 유관순 이야기」.

이문구 「송사리」 | 122쪽 |

▶ 환경을 오염시키는 원인에는 무엇이 있을까요? 오늘부터 한 가지씩 실천할 수 있는 '지구 살리기 운동'은 무엇이 있을까요?

일회용 컵 대신 집에 있는 텀블러 사용하기, 새 물건보다 중고 물건 구매하기 등.

정현종 「들판이 적막하다」 | 124쪽 |

▶ 「들판이 적막하다」는 2연 8행으로 짧지만, 화자의 감정이 여러 번 변해요. 어떻게 변화하는지 요약해 봅시다.

1~3행에서 화자는 벼가 노랗게 익은 들판을 바라보며 풍요로운 가을의 정취를 즐긴다. 그러다가 4행 "그런데"를 기점으로 감정이 급격히 바뀌는데, 5~6행에서 메뚜기가 없다는 사실을 깨닫고 당혹스러움을 표현하고, 7~8행에서는 "황금 고리가 끊어"진 자연에 대한 불안감을 표현한다.

이해인 「나를 키우는 말」 | 126쪽 |

▶ 내가 들었던 기분 좋은 말을 적어 빙고 게임을 해 봅시다. 기분 좋은 말은 내가 듣고 싶은 말이자 상대를 배려하는 말이죠. 먼저 세 줄을 지운 사람이 승리해요.

괜찮아	사랑해	잘 될 거야	최고야
미안해	넌 할 수 있어	넌 멋있어	좋아해
걱정마	널 응원해	힘내	같이 하자
다음에 더 잘하면 돼	최선을 다했어	넌 소중해	힘들었지?
속상했지?	고마워	너를 믿어	다음 기회에 잘하자

김종상 「길」 | 129쪽 |

▶ 비유에는 직유와 은유가 있어요. '길은 포도 덩굴이다.'라는 표현처럼 '～은 ～이다.'의 형식으로 대상을 간접적으로 나타내는 걸 은유법이라고 하지요. 은유법을 사용하여 자신을 재미있게 소개해 보세요.

나는 알람 시계다. 점심때가 되면 배에서 꼬르륵 소리가 난다.

정현종 「비스듬히」 | 131쪽 |

▶ 여러분이 마음 놓고 기댈 수 있는 사람을 떠올려 보세요.

상담 선생님. 고민이 있을 때마다 내 이야기를 잘 들어 주신다. 특히 내가 친구들과 잘 어울리지 못했을 때, 선생님이 먼저 다가가 보라고 조언을 해 주셔서 많은 도움이 되었다.

오규원 「3월」 | 134쪽 |

▶ 참신한 비유를 활용하여 한 문장으로 계절을 표현해 봅시다.

지붕에 슈거파우더를 솔솔 뿌리는 것처럼 눈이 내린다.

윤동주 「새로운 길」 | 136쪽 |

▶ '윤동주문학관'에 가면 윤동주 시인과 관련된 전시 및 행사에 참여할 수 있답니다. 또한 '내를 건너서 숲으로'라는 도서관도 있으니 견학해 볼까요?

윤동주문학관

내를건너서 숲으로 도서관

쓰기를 통한 읽기

시를 읽으면서 머릿속에 장면을 그려 보세요. 뮤직비디오나 영화의 한 장면처럼 떠오르는 이미지 속에 머물러 보세요. 똑같은 시를 읽으면 모든 사람이 같은 장면을 떠올릴까요? 아니에요. 같은 시를 읽고도 사람마다 그리는 장면이 다를 수 있답니다. 신기하지요? 글에 자신만의 상상을 더해 해석하는 과정은 기존보다 폭 넓은 독해에 이르는 길이에요. 독서에 재미를 붙이는 방법이기도 하고요.

활동

「나를 키우는 말」을 다시 읽어 보고, 여러 상상을 더해 봅시다. 그 과정을 통해 소설도 써 볼까요. 아주 짧은 이야기라도 좋아요.

1. 시를 읽고 화자가 누구인지, 어떤 시·공간에 있는지, 어떤 상황에 처해 있는지 자유롭게 상상해 봅시다.

화자는 어떤 존재일까?	한국어를 처음 배우는 아이
화자는 어떤 시·공간에 있을까?	시기 전 집대
화자가 처한 구체적인 상황은 무엇일까?	부모님이 동화책을 읽어 주고, 화자인 아이는 이야기를 들으며 새로운 단어들을 배우고 있다.

2. 1의 내용을 바탕으로 손안에 들어올 만큼 짧은 손바닥 소설을 써 볼까요. 노트 한 장, 서너 문단 정도로 짧아도 좋아요.

화자가 어떤 사람이고, 어떤 상황에 놓였는지를 바탕으로 자유롭게 창작해 보아요.

중1

소설

1. 오후 4시, 달고나 | 44~45쪽 |

1. 소설 속에서 서율이 겪은 일들을 시간 순서대로 정리하면 다음과 같다.

　　① 승규, 규리와 함께 봉사 활동을 하기로 함.
　　② 서율만 따로 급식 도우미를 맡음.
　　③ 승규와 규리가 함께 웃는 모습을 봄.
　　④ 승규가 규리를 좋아한다는 사실을 들음.
　　⑤ 할아버지와 달고나를 만듦.

각 사건에서 서율은 어떤 기분이 들었을까? 서율이 느낀 긍정적이거나 부정적인 감정을 그래프 위에 점으로 찍고, 점 옆에는 서율의 구체적인 기분을 적어 보자. 그리고 각 점을 연결해서 감정 곡선으로 그려 보자.

〈서율의 감정 곡선〉

　　　　　　　　• 기쁘고 기대됨.

　긍정

━━━━━━━━━━━━━━━━━━━━━━━━━━━━━━━━━▶ 시간

　부정

2. "너는 좋은 애야."라는 할아버지의 말에 서율이 어떤 위로를 받았을지 적어 보자.
첫사랑을 이루지 못해 슬프고 속상하지만, 자신을 칭찬해 주고 환하게 웃어 주는 할아버지의 모습에 자신을 소중하게 여겨야 한다는 위로를 받았을 것이다.

3. 서율, 승규, 규리가 주말을 보내고 다음 날 학교에 가서 서로 어떻게 대하고 행동할지 상상해 뒷이야기를 이어서 써 보자.

자유롭게 상상하여 적어 보세요.

4. 삶에서 성장한 경험을 떠올리며 다음에 답해 보자.

❶ 내가 성장했다고 느낀 순간을 떠올려 보자. 언제 자신이 성장했다고 느꼈는지, 왜 그렇게 생각하는지, 성장의 경험 이후에 생각이나 행동에 어떤 변화가 있었는지 구체적으로 떠올리며 적어 보자.

친구 관계에서 조심스러웠던 나는 친구에게 서운한 점이 있어도 잘 말하지 못했다. 서운한 점을 말하면 친구와의 관계가 깨질 것 같아 무서웠다. 어느 날 가장 친한 친구와 다툼이 있었는데, 내가 솔직하게 말할 수 있도록 친구가 도와주었다. 용기 내서 이야기를 꺼냈더니 그동안 내가 오해하고 있던 부분이 있다는 것을 알고 화해해서 더욱 친해졌다. 친구 관계에서 좋지 않은 일이 생겼을 때 혼자 참는 것만이 최선의 방법이 아니라는 것을 깨달았다.

❷ 소설의 제목 '오후 4시, 달고나'처럼 내가 성장했던 그날의 경험을 시간과 맛으로 표현해서 제목을 지어 보고, 그 이유를 적어 보자.

· **제목:** 오후 2시, 사이다

· **이유:** 그동안 혼자 꾹꾹 참았던 것을 친구에게 솔직하게 이야기하고 오해를 풀고 나니 마치 사이다를 마신 것처럼 속이 시원하게 뚫렸기 때문이다.

2. 커튼콜 | 77~80쪽 |

1. 다음은 은비에게 일어난 일을 정리한 것이다. 시간 순서에 따라 배열해 보자.

ㄱ 우연한 기회로 아역 배우가 됨.

ㄴ 공개 선발에 참여하여 창작 연극 「파도」의 주인공 역할을 맡아 완벽한 공연을 위해 연습에 매달림.

ㄷ 무대에서 한 실수와 악성 댓글을 떠올리며 포기하고 도망치고 싶은 생각이 듦.

ㄹ 자신을 반가워하고 궁금해하는 댓글을 발견하고, 예전에 자신이 출연했던 드라마 영상을 찾아서 봄.

ㅁ 전학 간 학교의 연극부에 들어감.

ㅂ 연기하는 자신의 모습을 마주하고 연기에 대한 열정이 생김.

ㅅ 연기에 흥미를 느끼지 못하고 1년 만에 배우 활동을 그만둠.

ㅇ 공연 중 여러 차례 실수를 하지만 부원들의 도움과 응원으로 힘을 내어 연극을 마침.

ㅈ 인터넷에 올라온 자신의 사진에 달린 악성 댓글을 보며 상처를 받고 방 밖으로 나오지 않음.

ㅊ 윤서의 부름에 무대로 나가 박수를 보내는 관객에게 인사를 하고 설레는 마음으로 다음 커튼콜을 기다림.

초등학생 때	중학생 때
ㄱ ⇨ ㅅ ⇨ ㅈ ⇨ ㄹ ⇨ ㅂ	ㅁ ⇨ ㄴ ⇨ ㅇ ⇨ ㄷ ⇨ ㅊ

2. 다음 두 장면의 밑줄 친 부분을 바탕으로 은비가 자신의 문제에 대처하는 방식이 어떻게 변화했는지 적어 보자.

• 마음에도 굳은살이 생기면 아픔에 무뎌질 줄 알았다. 이미 난 생채기가 아물 틈도 없이 계속 찢기는 줄도 모르고. <u>약을 바르고 새살이 돋게 해 주는 대신 은비는 자신의 마음이 피를 흘리는 걸 내버려 두었다.</u> 아니, 어쩌면 상처가 더 크게 덧나기를 바랐는지도 모른다. 그

렇게 곪고 썩어서 마음 같은 건 차라리 전부 없어져 버리기를. 어차피 상처가 나기 전으로
는 돌아갈 수 없을 거라고 생각했기 때문이었다.
• 마음속에 일렁이는 불안을 감춘 채 연기해야 했다. 아무렇지 않다는 듯이. 중학교 연극부
정기 공연 무대에서는 절대 긴장 따위 하지 않는 당당한 천은비로. 모두의 오해 속에서.
하지만 그 순간 은비는 깨달았다. 오해받은 채로 살아도 괜찮다는 생각은 어리석은 착각이
었다. 해명하는 과정이 괴롭다고 해서 그대로 내버려 두는 건 결코 옳은 선택이 아니었다.

과거의 은비는 마음의 상처를 치유하기 위해 노력하지 않았지만, 현재의 은비는 문제를 해결하는
과정이 힘들더라도 그 시간을 거쳐야 성장할 수 있다는 사실을 깨달았다. 자신이 처한 문제를 소극
적으로 대처하던 태도에서 자신의 마음을 있는 그대로 바라보고 적극적으로 해결하려는 태도로 변
화했다.

3. 다음 '작가의 말'을 참고하여 은비의 입장이 되어 연기를 반대하는 부모님을 설득하는 편지를
써 보자.

일찍부터 작가가 되고 싶었던 나는 청소년 시절 자주 '재능'이라는 말이 무겁게 느껴져서
울고 싶은 때가 많았다. 그 시절의 나에게 지금 내가 알고 있는 것을 전해 줄 수 있다면 얼
마나 좋을까. 막연한 재능보다는 선명한 재미를 따라가라고. 자신이 원하는 것을 분명히 아
는 천은비의 이야기를 읽어 주신 독자 여러분께도 같은 말을 전하고 싶다. 우리는 우리가
행복해지는 방법을 이미 알고 있다고.
— '작가의 말' 중에서

부모님께,
제가 연기를 다시 시작한다고 했을 때 많이 놀라셨죠? 엄마, 아빠가 무엇을 걱정하는지 알아요. 그
때는 모든 것이 혼란스럽고 다 포기하고만 싶었어요. 하지만 지금의 저는 제가 무엇을 할 때 가슴이
뛰는지 알아요. 무대에서 제게 주어진 배역을 연기할 때 가슴이 벅차고 행복해요. 앞으로도 무대에
오르기까지 힘든 순간들이 있겠지만, 이제는 혼자가 아니라는 것을 알아요. 저를 믿어 주시는 부모
님과 선생님, 응원해 주는 친구들의 힘을 받아서 헤쳐 나갈 수 있어요.

4. 다음은 연극과 관련된 단어이다. 알맞은 단어를 넣어 십자말풀이를 완성해 보자.

연출   대본   무대   막   연기   희곡

¹무	²대		³막		
	본				
⁴희		⁵연	출		
곡		기			

가로말 풀이	세로말 풀이
1. 노래, 춤, 연극 따위를 하기 위하여 객석 정면에 만들어 놓은 단	2. 연극의 상연이나 영화 제작에 있어서 기본이 되는 글
3. 연극의 단락을 세는 단위. 한 막은 무대의 막이 올랐다가 다시 내릴 때까지로 하위 단위인 장으로 구성된다.	4. 공연을 목적으로 하는 연극의 대본
5. 연극이나 방송극 따위에서, 각본을 바탕으로 배우의 연기, 무대 장치, 의상, 조명, 분장 따위의 여러 부분을 종합적으로 지도하여 작품을 완성하는 일	5. 배우가 배역의 인물, 성격, 행동 따위를 표현해 내는 일

3. 내 이름은 백석 |93~95쪽|

1. 인물의 성격은 말이나 행동, 생각을 통해 드러난다. 이 작품에서 석이 아빠의 성격이 드러난 말과 행동을 찾아보고 어떤 성격인지 파악해 보자.

아빠의 말과 행동	아빠의 성격
"나는 어릴 때 '이'씨들이 부러웠어. 얼마나 쓰기 쉽냐. 동그라미에 작대기 하나. 그런데 '백' 자는 얼마나 복잡하냐? 니가 이름 쓰느라고 고생할 일을 생각하니까 두 글자 이름을 지을 수가 없더라. 성을 바꿔 줄 수도 없고. 이름이라도 쉽게 쓰라고 한 글자로 지은 거야."	쉽고 단순한 걸 좋아한다.
아빠의 '대거리 닭집'은 좋은 닭이랑 좋은 달걀을 팔기로 유명하다. 좋은 기름을 써서 맛있게 통닭을 만드는 걸로도 소문이 났다.	정직하다.
석이가 태어나던 해부터 '대거리 닭집'을 해서 집도 사고, 차도 사고, 시골 할머니 집도 지어 드렸다.	성실하고 책임감 있다.
시를 외우는 것을 걱정하는 석이와 함께 시집을 읽는다.	다정다감하다.

2. 석이 아빠의 별명은 '닭대가리'다. 평소에 이 말을 들었을 때와, 평소와는 다른 상황에서 이 말을 들었을 때 아빠의 심리가 각각 어떠했을지 적어 보고, 그 이유도 써 보자.

상황	아빠의 심리와 그 이유
평소에 사람들이 닭대가리라고 불렀을 때	"꼬끼오."라고 대답하며 기분 나빠하지 않고 웃는다. 사람들이 자신을 닭대가리라고 부르면서 스트레스를 풀고, 가게를 많이 찾기 때문이다.
소련과 러시아를 구별하지 못해 건어물집 아저씨가 닭대가리라고 불렀을 때	얼굴이 발갛게 달아오르면서 창피함을 느낀다. 아들 앞에서 소련과 러시아를 구별하지 못한 것이 부끄러웠기 때문이다.

3. 석이의 입장이 되어서 다음 질문에 답해 보자.

❶ 평소에 아빠를 어떤 사람이라고 생각했나요?

사람들은 아빠를 얕잡아 보며 '닭대가리'라고 부르지만, 저는 아빠를 존경해서 '용머리' 같다고 생각해요. 늘 성실하고 정직하게 일하시고 우리 가족을 위해 최선을 다하는 분이에요.

❷ 마지막 장면에서 석이는 아빠를 보면서 환하게 웃지 못하고 그저 입을 다문 채 백석 시집을 손에 땀이 나도록 쥐고 있었습니다. 그때 석이는 왜 그런 행동을 취했을까요?

대거리 닭집에서 성실하게 일하시는 아빠의 모습은 늘 당당해 보였는데, 제 앞에서 창피를 당한 그날은 어쩐지 아빠의 모습이 서글프고 쓸쓸해 보였어요. 혼란스러운 감정이 들어 몸이 얼었던 것 같아요.

❸ 마지막 장면에서 석이가 아빠에게 하고 싶었던 말은 무엇일까요?

가족을 위해 늘 애쓰면서 일하시는 아빠에게 고맙다고 이야기하고 싶어요. 제게는 슈퍼맨 같은 존재이지만 아빠에게도 여러 모습이 있다는 것을 알게 되었어요. 아빠가 어떤 모습이든 사랑한다고 전하고 싶어요.

4. 다음 대화를 살펴보고 〈보기〉에서 알맞은 단어를 찾아서 괄호 안에 넣어 보자.

〈보기〉   모양   소리   움직임   의성어   의태어

선생님: 오늘은 의성어와 의태어를 배울 거예요. 의성어는 사람이나 사물의 (소리)를 흉 내 낸 말로, 예시로 '멍멍', '우당탕'과 같은 단어가 있어요. 의태어는 사람이나 사물의 (모양)이나 (움직임)을 흉내 낸 말로, 예시로 '엉금엉금', '살랑살랑'과 같은 단 어가 있어요. 다음 문장에서 의성어와 의태어를 찾아볼까요?

민수: '꼬끼오'는 (의성어)이고, '벙긋'은 (의태어)입니다.

선생님: 맞아요. '꼬끼오'는 수탉의 우는 소리를 흉내 낸 말이고, '벙긋'은 입을 조금 크게 벌리 며 소리 없이 가볍게 한 번 웃는 모양을 흉내 낸 말이에요. 작품 속에 쓰인 의성어와 의태어를 더 찾아볼까요?

나: 작품 속에서 제가 찾은 의성어는 '바삭바삭', '툭툭'이 있습니다. 의태어로는 '푹푹'을 찾았어요.

4. 자전거 도둑 | 124~126쪽 |

1. 다음은 작품에 나오는 장면들이다. 이 중에서 하나를 골라 그 내용과 관련된 수남이의 일기를 써 보자.

- 바람 부는 서울의 뒷골목은 흉흉하고 을씨년스러웠다. 먼지는 물론 온갖 잡동사니들이 다 날아들어 가게 앞에 쓰레기 무더기를 만들었다. 쓸어도 쓸어도 당해 낼 도리가 없었다.
- "오늘 물건 대금은 꼭 결제해 주셔야 돼요. 은행 막을 돈이란 말예요."
- "울긴 짜아식, 할 수 없다. 너나 나나 오늘 재수 옴 붙은 걸로 치고 반반씩 손해 보자. 오천 원만 내."
- 이상한 용기가 솟았다. 수남이는 자전거를 마치 검부라기처럼 가볍게 옆구리에 끼고 질풍같이 달렸다.
- 그럼 내가 한 짓은 도둑질이었단 말인가. 그럼 나는 도둑질을 하면서 그렇게 기쁨을 느꼈더란 말인가.

> 예시 그럼 내가 한 짓은 도둑질이었단 말인가. 그럼 나는 도둑질을 하면서 그렇게 기쁨을 느꼈더란 말인가.

저녁을 먹고 책을 펼쳤지만 글자가 눈에 들어오지 않았다. 내 행동이 옳은 일이었을까? 주인 영감님은 잘했다며 칭찬했지만, 순간 도둑 두목같이 보여 정이 떨어졌다. 주인 영감님의 얼굴빛을 보니 도둑질을 했던 형의 누런 똥빛 얼굴이 떠올랐다. 자전거를 갖고 달리면서 쾌감을 느꼈던 나의 얼굴도 누런 똥빛이었을까? 서울로 떠나던 나에게 도둑질만은 하지 말라던 아버지가 그리워지는 밤이다.

2. 마지막 장면에 나타난 수남이의 결심을 바탕으로 작가가 이 작품을 통해 무엇을 말하려고 하는지 추측해 보자.

소년은 아버지가 그리웠다. 도덕적으로 자기를 견제해 줄 어른이 그리웠다. 주인 영감님은 자기가 한 짓을 나무라기는커녕 손해 안 난 것만 좋아서 "오늘 운 텄다."고 좋아하지 않았던가. 수남이는 짐을 꾸렸다. 아아, 내일도 바람이 불었으면. 바람에 물결치는 보리밭을 보았으면. 마침내 결심을 굳힌 수남이의 얼굴은 누런 똥빛이 말끔히 가시고, 소년다운 청순함으로 빛났다.

도시에서 부도덕성을 경험하고 자신을 도덕적으로 붙잡아 줄 아버지가 있는 시골로 돌아가는 수남이의 결심을 통해 작가는 물질을 중시하고 도덕성이 붕괴된 도시(혹은 현대 사회)에 대한 비판을 드러내고 있다.

3. 주인 영감님과 아버지가 삶에서 중요하게 여기는 가치가 무엇인지 인물의 말과 행동을 근거로 들어 비교해 보자.

	말과 행동	삶에서 중요하게 여기는 가치
주인 영감님	"잘했다, 잘했어. 맨날 촌놈인 줄만 알았더니 제법인데 제법야."	물질적 이익
아버지	"무슨 짓을 하든지 그저 도둑질만은 하지 말아라, 알았자."	도덕성, 양심

4. 다음은 삶의 가치를 나타내는 단어들이다. 하나씩 살펴보며 물음에 답해 보자.

사랑	용기	우정	정직	성실	협동	양심	신뢰
겸손	감사	공정	관용	배려	존중	보람	인내
절제	책임	이해	양보	노력	약속	도전	진심
순수	희망	열정	행복	봉사	소신	창조	의지
소통	성취	균형	끈기	공감	명성	자유	평화
혁신	포용	지식	여유				

❶ 위에서 뜻을 정확하게 알지 못하는 단어가 있다면 사전에서 찾아 적어 보자.

단어	뜻
공정	공평하고 올바름.
관용	남의 잘못 따위를 너그럽게 받아들이거나 용서함.
포용	남을 너그럽게 감싸 주거나 받아들임.

❷ 나에게 중요한 삶의 가치는 무엇인지 골라서 그 이유를 적어 보자.

나에게 중요한 삶의 가치는 '존중'이다. 중학생이 된 후 다양한 친구들을 만나 즐겁기도 했지만, 나와 다른 부분들이 많아 갈등이 생길 때가 있었다. 서로 의견이 다를 때 나의 입장만 생각하는 것이 아니라, 다른 사람의 의견을 존중하고 다름을 있는 그대로 인정할 때 문제가 평화롭게 해결된다는 것을 깨달았다.

반성   •   • 사람이나 동식물 따위가 자라서 점점 커짐.

성숙   •   • 현실을 판단하여 자기의 입장이나 능력 따위를 스스로 깨달음.

성찰   •   • 몸과 마음이 자라서 어른스럽게 됨.

성장   •   • 자신의 언행에 대하여 잘못이나 부족함이 없는지 돌이켜 봄.

자각   •   • 자기의 마음을 반성하고 살핌.

5. 옥수수 뺑소니 | 162~164쪽 |

1. 다음은 작품에 나오는 인물들의 말이나 행동, 생각을 하나씩 뽑은 것이다. 이를 통해 인물의 특성을 파악해 보자.

등장인물	말과 행동, 생각	인물의 특성
나 (김현성)	그런데 정말 죽을지도 모르는 사람이 생각났다. 옥수수 아저씨의 늦둥이 아기였다. 산소 호흡기를 쓰고 힘겹게 숨 쉬는 그 녀석은 진짜였다. 내 손에 들린 옥수수는 아직 따뜻했다. 나는 곧바로 자리에서 일어났다. 그리고 재빨리 평상복으로 갈아입었다.	• 자신이 책임져야 할 부분을 다른 사람을 이용하여 해결하려고 함. • 타인의 어려움을 공감할 줄 앎. • 양심의 가책을 느끼고 자기 행동을 개선하고자 함.
옥수수 아저씨	"급하게 오느라 음료수도 못 사 왔네. 나중에 맛있는 거라도 사 먹어." 만 원 짜리 지폐였다. 그것도 땀에 절어 쭈글쭈글 시든 배춧잎이었다.	• 사려 깊음. • 착하고 상대를 배려함. • 경제적으로 넉넉하지 않음. • 인정이 많고 따뜻함.
선글라스 아저씨	"야, 인마! 어딜 보고 다니는 거야?" 정신을 차려 보니 선글라스를 쓴 아저씨가 팔짱을 낀 채로 내 앞에 서 있었다. 갑자기 요리조리 주위를 살폈다. (중략) 승용차에 급히 타면서 말했다. "앞으로 조심해라!"	• 쓰러진 사람을 걱정하거나 사과하기보다 상대를 먼저 탓함. • 인정이 없음. • 무책임하고 약삭빠름.

2. 이 소설에서 내가 생각하는 뺑소니범은 누구이며 그 이유는 무엇인지 적어 보자.

예시 1 선글라스 아저씨: 자신이 잘못하여 현성이가 쓰러졌음에도 현성이를 걱정하거나 현성이에게 사과하기보다 상대방을 먼저 탓하고 잘못을 전가하려는 무책임한 행동을 보였다. 자신보다 어린 학생에게 어른으로서 책임감 있는 행동을 하지 않고 약삭빠르게 상황을 빠져나가는 모습을 보며 '선글라스 아저씨'가 바로 뺑소니범이라고 생각했다.

예시 2 현성: 비록 상황에 떠밀려 거짓말을 하긴 했으나, 자신에게 잘못한 사람이 선글라스 아저씨라는 것을 알면서도 옥수수 아저씨에게 그 잘못을 전가하려고 했기 때문이다. 만약 현성이가 용기를 내서 정직하게 상황을 말하지 않고 아빠의 말씀대로 옥수수 아저씨가 고소된다면 현성이도 뺑소니를 친 선글라스 아저씨와 다를 바가 없다.

3. '나'는 옥수수 아저씨가 다녀간 뒤 병동을 뛰쳐나간다. 이후 펼쳐질 뒷이야기를 상상하여 써 보자.

'삶은 옥수수, 영양 계란빵 세 개 이천 원.'
옥수수 아저씨를 찾아 병동을 뛰쳐나가 보니, 병원 주차장 근처 골목길 한편으로 옥수수 아저씨와 낡은 일 톤 트럭이 보이고 포장마차로 개조한 짐칸에 붙은 빛바랜 현수막이 보였다. 나는 아저씨를 찾아가 고개를 숙이며 다짜고짜 죄송하다고 말씀드렸다. 순간 두 눈에서 눈물이 흘러내렸고 눈물을 본 아저씨는 깜짝 놀라,
"현성 학생! 무슨 일 있어? 무슨 일이야?"
라고 하셨다. 그런 다음 아무 말 없이 나를 두 팔과 가슴으로 꼭 안아 주셨다. 아저씨의 낡은 웃옷에서 땀 냄새와 옥수수와 계란빵 냄새가 뒤섞여 내 코로 훅 들어왔지만 싫지 않았다. 나는 자초지종을 말씀드리고 다시 한번 진심으로 사과를 드렸다.
"저 이 돈도 받을 수 없어요." 하며 땀에 절어 쭈글쭈글 시든 배춧잎 같은 만 원이지만 아저씨의 따뜻한 온기가 느껴지는 돈을 다시 돌려드렸다.
"사실, 아저씨 때문에 입원한 건 아니에요. 아버지께서 아저씨를 뺑소니로 고소하겠다고 하셨는데 사실은 제가 아저씨에게 뺑소니예요."
옥수수 아저씨는 내가 한 말이 무슨 말인지 통 모르겠다는 표정을 지으셨고, 선글라스 아저씨와 있었던 일을 차근차근 말씀드리니 그제야 고개를 끄덕이셨다. 그 후 나는 옥수수 아저씨와 경찰서에 가서 선글라스 아저씨가 한 일을 신고했다. 경찰서에는 주변 CCTV를 모두 총동원하여 결국 선글라스 아저씨를 찾아내 책임을 물었다.

4. 다음 '작가의 말'을 참고하여 자기 주변이나 사회에서 벌어지는 일 중 '뺑소니'라고 부를 만한 부끄러운 사건들을 찾아보자. 그리고 그것이 왜 뺑소니라고 생각하는지 적어 보자.

> '뺑소니'라는 게 교통사고에만 해당하는 말은 아니더군요. 그래서 생각해 봤습니다. 삶의 수많은 선택 가운데 나는 뺑소니치지 않았나. 인생의 운전자인 여러분은 어떤가요?
>
> —'작가의 말' 중에서

내가 찾은 뺑소니 사고:

예시 학교 급식 시간에 내가 실수로 물을 엎질러 친구의 옷이 젖고 말았다. 그런데 축구를 하자며 다른 친구들이 부르는 통에, 엎지른 물을 닦고 친구에게 미안하다고 사과도 하지 않고 운동장으로 달려가 버렸던 적이 있다. 나도 모르게 순간적으로 그 자리를 피해 버리고 말았는데, 친구 입장에서는 사과도 듣지 못하고 얼마나 어이가 없었을지 생각하면 뺑소니와 다름없다.

학교나 사회 곳곳에서, 쓰레기 분리수거를 할 때 약속에 따라 분리하지 않고 쓰레기장에 뒤섞어 버리고 가거나, 쓰레기를 정해진 곳에 버리지 않고 무단으로 버리는 행동은 잘못된 행동을 하고도 책임지지 않고 자리를 떠나는 무책임한 행동이므로 우리 주변에서 볼 수 있는 부끄러운 뺑소니 중의 하나다.

6. 동백꽃 | 181~182쪽 |

1. 이 소설은 사건을 역순으로 엮어 서술하고 있다. 시간의 순서대로 배열하고 줄거리를 정리해 보자.

㉠ '나'가 나무를 하러 갈 때, 점순이가 닭싸움을 붙임.
㉡ 점순이가 준 '감자'를 '나'가 거절함.
㉢ 점순이가 '나'의 닭을 괴롭힘.
㉣ '나'가 닭에게 고추장을 먹이고 닭싸움을 붙였으나 '나'의 닭이 패함.
㉤ 나무를 하고 돌아오는 길목에서 '나'의 닭이 죽을 지경에 이르렀는데도 천연스레 호드기만 불고 있는 점순이 모습에 약이 올라 '나'는 점순네 닭을 때려죽임.
㉥ 점순이와 '나'는 화해한 후 노란 동백꽃 속으로 파묻힘.

- **순서:** ㉡ → ㉢ → ㉣ → ㉠ → ㉤ → ㉥
- **줄거리:** 점순이는 '나'에게 감자를 주며 말을 걸다가 거절 당한 뒤 '나'의 닭을 괴롭히기 시작한다. 이에 '나'는 닭에게 고추장을 먹여 보기도 하지만, 별 소용 없이 '나'의 닭은 점순이네 닭에게 지고 만다. 어느 날 '나'가 나무를 하러 간 사이 점순이가 닭끼리 싸움을 붙이고, 돌아와서 이 모습을 본 '나'는 화를 참지 못하고 점순이네 닭을 때리다가 그만 죽게 한다. '나'가 곤란해하며 울음을 터뜨리자 점순이는 일러바치지 않겠다며 화해의 손길을 내밀고, 화해한 점순이와 '나'는 노란 동백꽃 속으로 함께 파묻힌다.

2. 다음과 같은 점순이의 말 속에는 어떤 감정이 숨어 있는지 생각해 보고, 점순이의 입장에서 자신의 감정을 진술하게 '나'에게 전달하는 편지를 적어 보자.

- 더운 김이 홱 끼치는 굵은 감자 세 개를 손에 쥐어 주며, "느 집에 이거 없지?"
- 나의 등 뒤를 향하여 나에게만 들릴 듯 말 듯한 음성으로, "이 바보 녀석아!"

○○에게,

안녕, ○○아! 오늘 아침 어머니가 귀한 감자를 삶아 다섯 개를 주셨어. 감자가 어찌나 맛있던지 껍질도 안 까고 먹었단다. 그런데 ○○이 네가 눈앞에 아른거리지 뭐야? 산에 나무하러 가랴, 들에서 풀 베랴, 소여물 주랴, 어른들 잔심부름하랴 이리저리 바쁘게 일하는 너를 생각하니 나만 먹기 정말 미안하더라. 그래서 굵은 감자 세 개를 몰래 숨겨 두었다 얼른 네 손에 쥐어 준 거야. 네가 맛있게 먹는 것을 보면 기분이 좋아지거든.

그런데 네가 내 마음도 몰라 주고 "난 감자 안 먹는다. 니나 먹어라."라며 밀어 버렸을 때 난 정말 부끄럽고 속상했어. 너무 화가 나서 속이 부글부글 끓었어. 그래서 너네 씨암탉을 패 준 거야. 난 너와 친해지고 싶은데 너는 왜 그렇게 내 마음을 몰라 주니?

3. 이 소설에는 재미와 생동감을 더해 주는 다양한 낱말들이 쓰였다. 밑줄 친 낱말의 의미를 추측해 보고, 정확한 뜻을 사전에서 찾아서 써 보자.

- 점순네 수탉(은 대강이가 크고 똑 오소리같이 <u>실팍하게</u> 생긴 놈)이 덩저리 작은 우리 수탉을 함부로 해내는 것이다.
- 요렇게 <u>암팡스레</u> 패 주는 것이 아닌가. 그것도 대가리나 치면 모른다마는 아주 알도 못 낳으라고 그 볼기짝께를 주먹으로 콕콕 쥐어박는 것이다.
- 이 기회를 타서 작은 우리 수탉이 또 날쌔게 덤벼들어 다시 면두를 쪼니 그제서는 <u>감때 사나운</u> 그 대강이에서도 피가 흐르지 않을 수 없다.
- 동리에서도 소문이 났거니와 나도 한때는 <u>걱실걱실히</u> 일 잘하고 얼굴 이쁜 계집애인 줄 알았더니 시방 보니까 그 눈깔이 꼭 여우 새끼 같다.

❶ 실팍하다
- **추측한 의미:** 야무지다, 날쌔다, 단단하다, 튼튼하다 등
- **사전적 의미:** 사람이나 물건 따위가 보기에 매우 실하다.

❷ 암팡스레
- **추측한 의미:** 야무지게, 거칠게, 꼼짝 못 하게 등
- **사전적 의미:** 몸은 작아도 야무지고 다부진 면이 있게.

❸ 감때사납다

• **추측한 의미:** 단단하다, 매섭다, 튼튼하다 등
• **사전적 의미:** 억세고 사납다.

❹ 걱실걱실히

• **추측한 의미:** 성실히, 까다롭지 않게, 순하게, 무던하게 등
• **사전적 의미:** 성질이 너그러워 말과 행동이 시원스럽게.

7. 먹고 싶다, 수박 | 207~209쪽 |

1. 소설 속 '육인방'의 대사를 채워 넣어 보고, 육인방 중 자신과 가장 비슷한 인물은 누구이며 그 이유는 무엇인지 생각해 보자.

다정	지원	은비
"얘들아, 그렇게 하자. 담 쌤이 벌점 멕이면 먹고, 발바닥 때리면 맞자. 그게 속 편할 거 같애. 응?"	"먹고 싶으면 따지 뭐."	"있던 데 갖다 둬. 끌어안고 끙끙대지 말고."

세영	영주	인정
"미안. 나 깜빡했어. 얼른 가 봐야 해."	"나도…… 가야 되는데, 어떡하지? 이 수박. 나 신발주머니 가져가야 되는데."	"수박을 먹고 싶기는 하지만…… 나, 그냥 갈게. 미안해."

나는 (은비)와 내가 가장 비슷하다고 생각한다. 왜냐하면
나는 평소에 자기 주장이 강하고 상황 판단을 빠르게 하기 때문이다. 친구가 난처한 상황에 처했을 때 어떻게든 돕고자 하는 편이기도 하다.

2. 결말에서 갈등을 해결한 주인공 '나'의 행동에 대해 어떻게 생각하는지 적어 보자.

나는 주인공의 행동에 대해 (공감한다 / 공감하지 않는다).
왜냐하면 '나'는 공명정대하고 양심에 어긋나지 않는 문제 해결 방법을 찾았기 때문이다. 하지만 친구들이 모두 가 버린 상황에서 교장 선생님을 찾아가 자초지종을 이야기하기도 쉽지 않아 보였다. 은비가 '나'를 도와주었을 때 '나'는 지푸라기라도 잡은 듯 고마웠을 것이다. 비록 수박이 말라 비틀어 간다고 해도 '나'는 은비의 손을 놓지 못할 것이다. 교장 선생님께 가서 사죄하는 것은 그다음 일이라고 생각한다.

3. 친구들과 지내다가 갈등을 겪은 일을 떠올려 보고, 그것을 어떻게 해결했는지, 그리고 아직 해결되지 않은 일이라면 어떻게 해결하고 싶은지 적어 보자.

서로 다른 연예인을 좋아하는 친구와 말다툼을 벌이다가, 더 이상 그 이야기는 하지 않기로 한 적이 있다. 지금도 연예인 이야기가 나오려고 하면 모두들 대화를 다른 쪽으로 돌린다. 앞으로는 친구들에게 서로의 취향을 존중하며 대화하자고 말해야겠다.

4. 다음은 친구나 우정과 관련된 속담 및 사자성어이다. 그 의미를 바르게 짝지어 보자.

❶ 친구에 관한 속담

친구 따라 강남 간다.　　　　　　　돈이 넉넉하거나 생활이 풍족할 때는 주위에 친구가 많지만, 생활이 어려워지면 진정한 친구만 남게 되는 것을 두고 하는 말.

바늘 가는 데 실 간다.　　　　　　　자기는 하고 싶지 아니하나 남에게 끌려서 덩달아 하게 됨을 이르는 말.

어려울 때의 친구가　　　　　　　　항상 친한 사람끼리 서로 붙어 다니게 된다는 뜻.
진짜 친구다.

좋은 친구가 없는 사람은　　　　　　좋은 친구를 많이 사귀는 것이 중요하다는 말.
뿌리 깊지 못한 나무와 같다.

❷ 친구에 관한 사자성어

근묵자흑(近墨者黑) ●━━━━━━━━● 먹을 가까이 하면 검어진다는 뜻.
　　　　　　　　　　　　　　　　　친구나 사람을 가려 사귀라는 말.

유유상종(類類相從) ●　　　　　　● 어릴 때부터 가까이 지내며 자란
　　　　　　　　　　　＼　　／　　　친구를 이르는 말.
　　　　　　　　　　　　＼／
　　　　　　　　　　　　／＼
죽마고우(竹馬故友) ●　　　　　　● 같은 무리끼리 서로 친하게 사귐.

간담상조(肝膽相照) ●━━━━━━━━● 서로 마음을 터놓고 허물없이 지내
　　　　　　　　　　　　　　　　　는 친구 사이를 뜻함.

8. 하늘은 맑건만 | 232~233쪽 |

1. 다음은 소설의 줄거리를 정리한 내용이다. 괄호 안에 알맞은 낱말을 넣어 보자.

문기는 숙모의 심부름으로 (고기)를 사러 갔다가 주인의 실수로 (지전 한 장)을 더 많이 받는다. 문기는 자신의 잘못된 행동을 알면서도 (수만이)의 꼬임에 넘어가 돈을 돌려주지 않고 사용한다. 삼촌에게 자신의 잘못된 행동을 들킨 문기는 (거짓말)을 하여 잘못을 숨기지만, 자신의 행동을 반성하고 공과 쌍안경을 버리고 남은 돈은 고깃간집 (안마당)에 던진다. 수만이는 문기에게 돈을 내놓으라며 학교 가는 길과 교실에 '(김문기는 ○ ○ ○ 했다.)'를 써 놓고 협박한다. 문기는 결국 (숙모)의 돈을 훔쳐 수만이에게 주고, 자신의 거짓말 때문에 누명을 쓰고 쫓겨난 (점순이)의 일로 괴로워한다. 문기는 담임 선생님께 모든 것을 (자백)할 결심을 하였지만 하지 못하고, 귀가 중에 (교통사고)를 당한다. 병원에서 깨어난 후 삼촌에게 자신의 행동을 모두 말하고 하늘을 (떳떳이) 마음껏 쳐다본다.

2. 내가 만약 문기의 절친이었다면, 문기의 행동에 대해 친구로서 충고해 주고 싶은 것이 무엇인지 생각해 보고 편지글로 써 보자.

문기에게,

안녕, 문기야. 요즘 평소와 다르게 표정이 어두워 보여서 걱정이 되었어. 중요한 건 그 후에 잘못을 인정하고 반성하는 태도가 아닐까? 두렵더라도 용기를 내어 잘못을 털어놓으면 마음이 훨씬 편해질 거야. 부디 얼른 떨쳐 버리고 다시 평소의 너로 돌아왔으면 좋겠다.

3. 나 혹은 주변 친구들이 자주 하는 거짓말로는 무엇이 있는지 생각해 보고, 그 말을 한 상황이나 이유를 적어 보자.

예시 학원 끝나고 집에 바로 가지 않고 친구랑 놀다가 귀가 시간이 늦어질 때가 있다. 그럴 때 엄마한테 전화가 와서 "어디야?"라고 물으시면 "학원에서 나머지 공부를 하느라 늦었어요."라고 말한다. 거짓말이 나쁜 것은 알지만, 친구랑 노는 것이 좋고 엄마한테 혼이 덜 나고 싶어서 그러는 것 같다.

친구 ○ ○(이)가 자주 쿠키를 구워 주는데, 취향이 아니지만 맛있다고 해 준다. 기뻐하는 ○ ○(이) 얼굴을 실망으로 물들이고 싶지 않아서 그런 것 같다.

4. '관용구'는 두 개 이상의 단어로 이루어져 있으면서, 그 단어의 일반적인 의미만으로는 전체 의미를 알 수 없는 특수한 어구를 말한다. 예를 들어 '발이 넓다.'는 발의 폭이 넓다기보다 '사교적이어서 아는 사람이 많다.'를 의미한다.

❶ 작품 속 아래 문장에 쓰인 관용구를 찾아보고 그 의미를 적어 보자.

"두 소년은 마침내 손이 맞고 말았다."
- 관용구: 손이 맞다
- 의미: 함께 일할 때 생각, 방법 따위가 서로 잘 어울린다.

"생각할수록 낯이 뜨거워지는 일이다."
- 관용구: 낯 뜨겁다
- 의미: 남 보기 민망하거나 매우 부끄러워 얼굴이 화끈거리다.

❷ 우리 일상에서 널리 쓰이는 또 다른 관용구로는 무엇이 있는지 찾아보자.

- 관용구: 손이 빠르다
- 의미: 일처리가 빠르다, 파는 물건이 잘 팔려 나가다.

- 관용구: 손이 크다
- 의미: 씀씀이가 후하고 크다, 수단이 좋고 많다.

- 관용구: 낯이 깎이다
- 의미: 체면이 떨어지다.

- 관용구: 낯가죽이 얇다
- 의미: 부끄러움을 잘 타다.

- 관용구: 낯을 가리다
- 의미: 친하고 친하지 아니함에 따라 사람을 달리 대우하다.

9. 홍길동전 | 244~247쪽 |

1. 다음은 주인공 홍길동이 갈등하는 장면이다. 소설의 시대적 배경을 바탕으로 갈등의 원인이 무엇인지 생각해 보자.

"옛사람도 '왕후장상의 씨가 따로 없다'고 하지 않았는가? 슬프다. 세상 사람이 다 아비와 형이 있어 스스럼없이 부르거늘 나는 왜 그렇게 하지 못하는가?"

"소인이 대감의 정기를 받아 태어났으니 어찌 낳고 길러 주신 부모님의 은혜를 잊겠습니까. 하오나 소인이 서러워하는 것은…… 서러워하는 것은…… 아버지를 아버지라 부르지 못하고 형을 형이라 못 하오니 이 어찌 사람이라 하오리까?"

『홍길동전』의 시대적 배경은 조선시대인데, 조선시대에 길동이처럼 서자로 태어난 자식은 아버지를 아버지라고 부르지 못하고 벼슬에도 나아가지 못했다. 길동은 세상을 향해 뜻을 펼치고 싶지만 불합리한 사회 탓에 그럴 수 없었고, 그 사회 자체를 거부할 수도 없어 한계를 느꼈을 것이다.

2. 오늘날에도 사회나 가정에서 청소년들은 많은 어려움을 겪고 있다. 다음 표를 참고하여 최근 자신이 가장 고민하는 것은 무엇이며 어떻게 고민을 해결할지 써 보자.

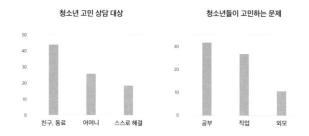

나의 가장 큰 고민은 친구 관계에 대한 것이다. 많은 친구들이 공부나 직업, 외모에 대해서 고민하지만 나는 친구들과 더 잘 지낼 수 있는 방법이 궁금하다. 지금까지는 혼자 해결하려고 노력해 보았지만 가족이나 친구, 선생님과 고민을 나누어 봐야겠다.

3. 다음은 홍길동의 삶을 나열한 것이다. 『홍길동전』의 전체 줄거리를 확인해 보고 시간 순서대로 배열해 보자.

⊙ 조선 세종 때 한양에서 홍 판서의 서자로 출생함.

ⓛ 산중에서 도적 떼를 만나 우두머리가 되고 활빈당을 조직함.

ⓒ 열 살이 넘도록 자신의 천한 신분 때문에 호부호형하지 못함에 슬퍼함.

ⓔ 홍 판서의 첩인 곡산댁의 음모로 죽을 뻔했으나 홍 판서에게 호부호형을 허락받고 집을 떠남.

ⓜ 율도국을 정벌하여 왕이 된 후 태평성대를 이룸.

ⓗ 활빈당 무리와 함께 벼 일천 석을 배에 싣고 중국 남경 땅 제도에 도착한 후 농업과 군사 훈련에 힘쓰고 부인을 얻음.

ⓢ 형 앞에 스스로 나타나 한양으로 압송되나, 군사들을 물리치고 임금이 내린 벼슬인 병조판서를 받아들인 후 조선을 떠남.

ⓞ 탐관오리의 부정한 재물을 빼앗아 가난한 백성에게 나눠 주자 홍길동을 잡으려 포도대장이 직접 움직였으나, 신귀한 재주를 부려 달아남.

⊙ ⇨ ⓒ ⇨ ⓔ ⇨ ⓛ ⇨ ⓞ ⇨ ⓢ ⇨ ⓗ ⇨ ⓜ

4. 『홍길동전』의 내용을 활용하여 낱말 퍼즐을 풀어 보자.

¹판	⁶서			⁸벼	
	자	²소	슬	하	다
⁷방					
⁴자	객	³천	군	⁹만	마
하				백	
다				성	
		⁵정	기		
		벌			

【가로말 풀이】

1. 조선 시대에 둔, 육조의 으뜸 벼슬.
2. 으스스하고 쓸쓸하다.
3. 천 명의 군사와 만 마리 군마라는 뜻으로, 아주 많은 수의 군사와 군마를 이르는 말.
4. 남을 몰래 해치는 사람.
5. 천지 만물을 생성하는 원천이 되는 기운.

【세로말 풀이】

5. 적 또는 죄 있는 무리를 무력으로써 치다.
6. 양반과 양민 여성 사이에서 낳은 아들.
7. 태도에 예의가 없고 건방지다. 혹은 제멋대로 거리낌 없이 논다.
8. 관아에 나가서 나랏일을 맡아 다스리는 자리. 또는 그런 일.
9. 나라 안의 모든 백성.

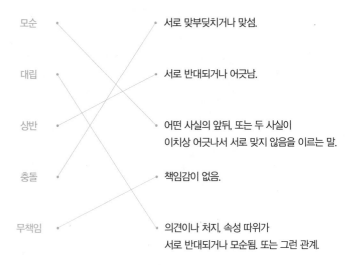

모순 • • 서로 맞부딪치거나 맞섬.

대립 • • 서로 반대되거나 어긋남.

상반 • • 어떤 사실의 앞뒤, 또는 두 사실이
이치상 어긋나서 서로 맞지 않음을 이르는 말.

충돌 • • 책임감이 없음.

무책임 • • 의견이나 처지, 속성 따위가
서로 반대되거나 모순됨. 또는 그런 관계.

중1
수필·비문학

1부 경험은 소중하다

활동 1

|49쪽|

ㅇ 처음 만나는 친구들에게 나를 소개해야 할 때가 있습니다. 나를 가장 잘 나타낼 수 있는 단어 또는 내가 좋아하는 것들로 나를 표현해 보는 건 어떨까요? 나에게 의미 있고 소중한 경험을 떠올리면서 개성이 잘 드러나게 글로 써 봅시다.

❶ 나를 가장 잘 나타낼 수 있는 단어 세 가지를 써 봅시다.

아이스크림, 무선 충전기, 덕질.

❷ 내가 가장 좋아하는 것 세 가지를 써 봅시다.

아이돌, 친구, 음악.

❸ 위에 쓴 것 중에서 몇 가지를 골라서 나에 대해 마음껏 자유롭게 글로 써 봅시다.

학생 예시 글 1

박유휘(학생)

나는 아이스크림 같다. 아이스크림이 날씨에 따라 녹거나 얼어 버리는 것처럼 나도 날씨에 따라 기분이 변한다. 비가 오는 날엔 친구들에게서 평소보다 말이 없다는 이야기를 듣고, 날씨가 좋을 땐 유난히 활기차다는 이야기를 많이 듣는다. 내가 스스로 느끼기에도 그런 것 같다. 아이스크림 종류와 맛이 다양하듯이 내가 느끼는 감정도 다양하다. 나는 감정을 풍부하게 느끼는 내가 좋다. 나는 여러 맛이 섞여 있는 아이스크림 같다.

나는 체력이 좋다. 그래서 친구들에게서 절대 지치지 않는 사람이라는 이야기도 듣고, 나와 함께 있으면 즐겁다는 이야기도 듣곤 한다. 내가 고민 상담, 연애 상담 등을 해 주면 친구들이 내 덕분에 충전되는 기분이라고 했다. 무선 충전기 같다는 말을 들었을 때는 괜히 뿌듯하고 자랑스러웠다. 무선 충전기와 비슷하게 건전지, 에너자이저 등의 별명도 있다. 모두 기분 좋은 별명이다.

o 우리는 살아가면서 내가 느끼는 감정은 모른 척하고 지나갈 때가 있습니다. 하지만 경험을 통해 얻은 나의 감정을 글로 표현해 보면, 자신과 세상을 이해하는 데 큰 도움을 받을 수 있습니다.

❶ 지난 일주일간 내가 자주 느낀 감정이 무엇이었는지 돌아보고, 그러한 감정이 든 이유를 써 봅시다.

❷ 요즘 내가 가장 원하는 것이 무엇인지 떠올려 보고, 그걸 생각할 때 어떤 감정이 드는지 써 봅시다.

❸ 다음은 다른 학생들이 여러 가지 감정과 경험을 연결 지어 정리해 본 활동입니다. 이 내용을 참고하여 자신의 감정과 경험을 연결 지은 글을 솔직하게 써 봅시다.

미련 어렸을 적 너무 비싸서 사지 못했던 장난감
감사 내가 다쳤을 때 상처를 치료해 주었던 선생님
미움 내 욕을 하고 다니는 친구
그리움 세상을 떠난 우리 강아지
책임감 부모님이 집을 비운 날, 처음으로 동생이랑 둘이 하룻밤을 지냄
억울함 모르는 선배들이 돈을 빼앗아 감
기쁨 내 동생이 태어난 날
속상함 지갑을 잃어버린 날
용기 혼자서 낯선 길을 찾아왔던 일
소중함 나의 미술 연필
뿌듯함 자전거를 처음 배운 일

권성준(학생)

내가 고른 감정: 걱정

우리 학교에서는 2학년 2학기에 다 같이 뮤지컬 공연을 준비한다. 이번 공연에서 내가 주인공 역할을 맡게 되었는데, 솔직히 너무 하기 싫다. 왜냐하면 나는 주목받는 걸 그다지 좋아하지 않기 때문이다. 20분이나 되는 시간 동안 무대 위에서 잘할 수 있을지 너무 걱정이 된다. 감독이랑 부감독을 맡은 친구들이 "이걸 고쳐라.", "이건 이렇게 해라."라고 지시 사항을 알려 주는데 이해가 잘 되는 부분도 있지만 잘 안 되는 부분도 있다. 서로 의견이 다를 때는 어떻게 얘기해야 서로 기분이 안 상하게 할지도 어려운 일이다.

그래서 요즘 가장 크게 느끼는 감정은 뮤지컬 공연에 대한 걱정과 두려움이다. 1학년 때 장기자랑에 나갔었는데, 잘 하지 못해서 부끄러운 기억으로 남아 있고 그 일로 놀리던 친구들이 있었다. 그래서 이번 뮤지컬도 잘하면 좋겠지만 못했을 때 너무 부끄럽고 창피한 기억으로 남을까 봐 걱정이 된다.

조은우(학생)

내가 고른 감정: 행복

올해 초반에 덕질을 시작하게 되었다. 작년까지만 해도 덕질을 왜 하는지 의문을 가졌었다. 사실 지금도 내가 왜 덕질을 하는지 잘 모르겠다. 그냥 내가 좋아하는 아이돌을 보고 있으면 행복해진다. 처음에는 다른 팬들이 어려운 용어를 쓰면서 대화해서 정말 답답하고 힘들었다. 하지만 덕질을 그만두기에는 이미 호기심이 가득한 상태였다. 그래서 못 알아듣는 말은 늘 검색하거나 아이돌을 잘 아는 친구에게 물어봤다. 하나씩 알아 가며 덕질을 하니 신이 나고 흥미로웠다.

최근에는 친구가 콘서트 티켓 구해 줘서 9월에 갈 수 있게 되었다. 콘서트 티켓값은 정말 비싸고, 자리도 뒷자리라 망원경을 사느라 돈을 많이 썼다. 하지만 처음 가는 콘서트이기 때문에 기대가 된다.

아이돌을 좋아하다 보니 KPOP 문화에 대해서도 관심이 생겼다. 주변에 같은 아이돌을 좋아하는 친구가 있으면 좋겠는데 없어서 너무 아쉽다. 올해는 계속 아이돌을 좋아하며 보냈는데, 작년까지 내 인생의 낙이 뭐였는지 잘 기억이 안 난다. 작년까지는 무미건조하게 살지 않았나 싶다.

내가 언제까지 아이돌을 좋아할지는 잘 모르겠다. 그냥 행복하게 사는 게 최고인 것 같다.

2부 경험은 소중하다

활동 1

|90쪽|

○ 우리가 살아가면서 느끼는 대표적인 네 가지 감정을 희로애락(喜怒哀樂)이라고 합니다. 이러한 나의 감정을 언어를 활용하여 적절히 표현하는 방법을 알아봅시다.

❶ 희로애락이라는 네 가지 감정 속에는, 더 다양하고 섬세한 감정들이 담겨 있습니다. 예컨대 '기쁨'은 반가움일 수도, 흡족함일 수도 있지요. 네 가지 감정에 연결되는 다양한 감정들을 적어 봅시다.

· **기쁠 희(喜)**
만족스러움, 즐거움, 행복함 등.

· **슬플 애(哀)**
우울감, 두려움, 안타까움, 서러움 등.

· **성낼 노(怒)**
억울함, 답답함, 속상함, 불쾌함 등.

· **즐길 낙(樂)**
유쾌함, 흥미로움, 흥거움 등.

❷ 누군가 나를 미워한다는 생각이 들 때, 혹은 하고 싶은 일이 잘되지 않을 때 우리는 부정적인 감정이 들 수도 있습니다. 이 부정적인 감정을 안전하게 다룰 수 있는 나만의 감정 '루틴'을 생각해 봅시다.

예시

나는 슬픔이 찾아올 때마다 더 슬픈 노래를 듣는 루틴을 가지고 있다. 슬픈 노래를 들으면서 한바탕 엉엉 울고 나면 마음이 한결 가뿐해지면서, 다시 평온한 마음을 얻게 된다.

나는 화가 날 때 산책을 한다. 몸을 움직이다 보면 기분이 한결 나아지고, 생각도 차분히 정리되곤 한다.

○ 혹시 무심코 누군가를 미워하거나 차별했던 경험이 있나요? 우리 사회에서는 누군가를 미워하고 싫어하는 것이 특정한 집단에 대한 혐오와 연결되어 있는 경우도 적지 않습니다. 함께 살아가는 세상에 대해 고민하며 다음 활동을 이어가 봅시다.

❶ 내가 다른 사람이나 특정 집단에 대해 가지는 편견이 있다면 적어 봅시다. 만약 내가 가진 편견이 없다면, 우리 사회에서 차별받는 소수자 집단을 생각하며 적어 봅시다. 이러한 편견이나 차별이 생긴 이유는 무엇이며, 편견이나 차별을 받는 사람은 어떤 처지에 있을지를 생각하며 적어 봅시다.

나는 나와 다른 인종의 사람은 한국어를 잘 못할 것이라는 편견을 가지고 있었다. 인종이 달라도 알고 보면 한국인이거나 또는 한국에 오래 살았을 수도 있는데, 우리 사회에 다양한 사람들이 있다는 사실을 종종 잊게 되어 편견이 생기는 것 같다. 사람들의 편견이나 차별을 일상 속에서 마주하는 사람들은 매번 자신에 대해 설명해야 해서 힘들 것 같다.

❷ 혐오 표현(hate speech)이 무엇인지 조사하여 정의를 적어 봅시다.

혐오 표현이란 성별, 장애, 출신 지역, 성적 지향 등을 이유로 누군가를 비하하거나 차별하는 표현을 의미한다.

❸ 대항 표현(counter speech)이 무엇인지 조사하여 정의를 적어 봅시다.

대항 표현이란 다양한 사람의 인권을 존중하며 혐오 표현을 반박하는 표현이다.

❹ 내가 알고 있는 혐오 표현을 쓰고, 이를 대항 표현으로 바꾸어 봅시다.
  · **혐오 표현:** 급식충, 틀딱 등
  · **대항 표현:** 청소년, 노인 등

⑤ 혐오 표현으로부터 인권을 지키기 위해 우리가 실천할 수 있는 방안을 주제로 글을 써 봅시다.

학생 예시 글

경성중학교 인권동아리 '깜냥깜냥'

인권은 모든 인간이 가지는 기본적인 권리로, 생명과 자유, 평등, 존엄성 등을 포함한다. 그리고 혐오 표현은 특정 집단이나 개인에 대한 차별과 폭력을 조장하며 인권을 위협하는 말과 행동이다. 한국 사회에서 여성, 성 소수자, 소수 인종, 장애인 등의 사회적 소수자는 고정 관념과 편견의 대상이 되어 다양한 형태의 차별을 경험하게 된다.

최근에는 소셜 미디어에서 특정 집단을 비하하는 댓글을 접한 적이 있다. 이러한 혐오 표현은 단순히 말에 그치는 것이 아니라 실제 폭력으로 이어질 수 있다. 예를 들어, 여성에 대한 성희롱적 발언은 신체적 폭력으로 발전할 가능성이 있는 것이다. 혐오 표현은 개인의 감정을 상하게 하는 것을 넘어 사회적 갈등과 범죄의 원인이 될 수 있다.

이를 막기 위해 다음과 같은 노력이 필요하다. 첫째, 혐오 표현의 문제점을 알리고 다양성에 관한 이해를 높이기 위해 학교와 사회에서 인권 교육을 강화해야 한다. 둘째, 혐오 표현 규제를 포함한 차별금지법을 제정하여 사회적 소수자의 인권을 법적으로 보호하고, 사회적 포용성을 넓혀야 한다. 셋째, 혐오 표현 피해자들의 목소리를 대변하는 사회적 활동을 통해 피해자들이 고립되지 않도록 연대해야 한다.

우리는 이러한 노력을 통해 혐오 표현으로부터 인권을 보호하고 차별 없는 사회를 만들어 갈 수 있다.

3부 매체는 힘이 세다

활동 1

|125쪽|

○ 여러분이 자주 사용하는 디지털 매체 중에서 친구들에게 추천하고 싶은 것은 무엇인가요? 유용한 정보를 찾을 때 사용하는 매체 또는 마음이 힘들 때 위로를 받거나 여가 시간을 활용할 때 주로 사용하는 매체를 소개해 봅시다.

❶ 평소 내가 즐겨 써 온 매체에 대해 역사와 특징 등을 자세히 조사해 보고, 친구들에게 소개하는 글을 써 봅시다.

❷ 해당 매체의 장점과 아쉬움을 떠올려 적어 봅시다.

학생 예시 글
박하준(학생)

고른 매체: 스탠다드 프렌즈(Standard Friends)

내가 애용하는 스탠다드 프렌즈(Standard friends)는 자이언티가 만든 음악 회사의 유튜브 채널이다. 이 채널에는 회사 아티스트들의 뮤직 비디오를 비롯한 영상물이 올라온다. 이 회사에 '소코도모', '기리보이', '원슈타인' 같은 내가 좋아하는 아티스트들이 많아서 자주 찾아본다. 나는 청소를 할 때나 할 일을 하면서 스탠다드 프렌즈의 영상을 틀어 놓는다. 회사 로고도 너무 마음에 들게 생겼다. 아직 크게 뜨지 않은 채널이기도 하고 자기만의 개성이 있는 아티스트들이 모여 있어서 친구들에게 추천하고 싶다.
아쉬운 점은 아티스트들이 활동을 하지 않을 땐 영상이 올라오지 않기 때문에 영상 업로드 주기가 규칙적이지 않다는 것이다.

학생 예시 글
한성연(학생)

고른 매체: 웹툰 사이트

내가 애용하는 웹툰 사이트에는 소수자 주인공이 나오는 웹툰이 연재된다. 웹툰이 무척 현실적이고
공감도 가서, 웹툰 사이트에 들어가 즐겨 본다. 갈 곳 없는 청소년들의 이야기가 나온다는 점이 좋다.
스토리에도 정말 배울 점이 많다. 청소년들의 방황과 트라우마, 평범하지만 평범하지 않은 이야기
들이 잘 녹아 있다. 특히 인물의 표정을 그림으로 잘 표현하는데 그때마다 내가 실제로 겪고 있는
순간처럼 느껴진다!

활동 2

|126~129쪽|

O 디지털 매체를 통해 접하는 다양한 정보 중에 때로는 제대로 검증받지 않은 정보, 사회적으로
혼란을 일으키는 정보도 있습니다. 하지만 디지털 매체가 올바르지 않게 쓰이거나 부정적인 측
면만 있는 것은 아닙니다. 사람들의 관심을 불러일으켜서 세상을 긍정적으로 바꾸는 경우도 있
습니다. 다음 글을 읽고 물음에 답해 봅시다.

사실 확인은 언론 보도 윤리에 있어 기본 중의 기본이지만, 간혹 시민들이 잘못된 보도 내용을 바
로잡을 때도 있다. 한 예로 2023년 11월 '당근칼'에 대한 보도를 들 수 있다. 당시 한 뉴스 프로그
램에서 플라스틱 장난감이자 어린이들이 요리를 배울 때 쓰는 당근칼이 아이들 사이에서 폭력적
으로 쓰이며 부상을 입는 경우가 늘고 있다는 보도를 내보냈다.
해당 뉴스는 남자아이와 진행한 인터뷰도 담았는데, 문제는 남자아이의 발언을 옮긴 자막에서
발생했다. "여자애들 패요."라는 자막으로, 이것만 보면 남자아이들이 여자아이들을 당근칼로 위
협하고 때린다고 오해하기에 충분했다. 이에 보도가 나간 뒤 네티즌 사이에서 남자아이의 폭력
성에 대한 비판이 불거지기도 했다. 그런데 뉴스를 꼼꼼히 살핀 시청자들은 자막의 내용이 남자
아이의 실제 발언과 일치하지 않는다는 것을 발견했다. 남자아이는 "여자애들 패요."가 아니라 "여
자애들도 해요."라고 말했던 것이다. 즉 당근칼로 다른 아이들을 위협하는 행동이 남자아이든 여
자아이든 광범위하게 퍼져 있다는 뜻이었다.
이를 발견한 시청자들은 가만히 있지 않고 해당 방송사에 적극적으로 문제를 제기했다. 그 뒤 방
송국에서는 해당 영상을 삭제하고, 사과 방송을 내보냈다. 방송국은 "시청자 여러분에 깊은 사과
의 말씀을 드립니다. 또 인터뷰에 응해 준 초등학생과 부모님께도 사과드립니다. 아울러 앞으로

뉴스 보도에 있어 신중하고 면밀한 검토를 거쳐 이런 일이 재발하지 않도록 최선을 다하겠습니다."라고 밝혔다.

만약 시청자들이 문제를 제기하지 않았다면 해당 뉴스는 정정되지 않았을 테고, 기자들은 발언을 꼼꼼하게 확인해서 자막을 입혀야 한다는 사실도 놓쳤을지 모른다. 이처럼 언론 보도나 디지털 콘텐츠를 대할 때는 단순히 일방적으로 받아들이기만 하지 않고, 문제가 없는지 살펴서 이의 제기를 하고 소통하는 일이 중요하다.

시민들의 적극적인 참여가 디지털 콘텐츠의 질을 끌어올리는 역할을 할 때도 있다. 몇몇 방송에서 수어 통역을 하는 장면을 보았을 것이다. 수어 통역이란 농인(수어를 일상어로 사용하는 청각 장애인)과 청인(청각 능력이 있는 비장애인) 사이의 의사소통을 돕기 위해, 음성 언어를 수어나 제스처로 바꾸어서 전달하는 것을 말한다. 그런데 한 코미디 프로그램에서 뉴스 장면을 따라 하며 풍자하는 과정에서, 엉터리 수어 통역사를 등장시킨 적이 있다. 과장된 손짓 발짓을 하는 장면을 통해 웃음을 유발하려는 목적이었지만 농인들의 언어를 무시하고 비하했다는 비판을 받았다. 이뿐 아니라, 웹툰이나 웹소설 등에서 이주 노동자를 우스갯거리로 삼아 폄하하는 경우, 여성이나 노인을 비하하는 경우도 있다. 이제 시민들이 이러한 콘텐츠에 비판을 제기하고 국가인권위원회 · 방송통신심의위원회 등 기관에도 신고하는 일이 늘면서, 창작자나 제작자 사이에 특정 소수자를 무시하지 않고 다양성을 존중해야 한다는 의식이 폭넓게 퍼지고 있다.

❶ 글쓴이가 말하고자 하는 바를 중심으로 글을 요약해 봅시다.

언론 보도나 유튜브 콘텐츠에 문제가 있을 때 독자들이 적극적으로 소통하려 노력한다면 문제를 개선할 수 있다.

❷ 디지털 매체를 통해 세상을 긍정적으로 바꾼 또 다른 사례를 찾아봅시다.

드라마 「이상한 변호사 우영우」에서 멸종 위기종인 '남방큰돌고래'가 언급되면서 사람들의 관심을 끌었다. 그 이후 우리나라 수족관에 있던 남방큰돌고래 '비봉이'가 수족관을 벗어나 바다로 돌아갔다. 또 남방큰돌고래 캐릭터 '제코'의 인형 판매량이 늘어 수익금의 일부가 제주도 환경 보호에 사용되기도 했다.

❸ 나의 인터넷 생활 태도 중 긍정적인 면과 부정적인 면을 생각해 적어 봅시다.

• 긍정적인 면

학교 축구나 농구 동아리에서 남학생들만 모집했을 때가 있다. 하지만 여학생 중에도 축구부나 농구부에 들어가고 싶어 하는 학생들이 있었고, 학교 익명 게시판을 통해 해당 의견을 올렸다. 선생님과 학생들은 그 게시글을 보고 의견을 나누었다.

그 후 축구와 농구 동아리는 성별에 상관없이 자유롭게 신청할 수 있는 동아리가 되었다. 학교에 불만이 있으면 친구들과 욕하고 말았는데, 의견을 게시판에 올리니 변화가 생겨 뿌듯했다.

• 부정적인 면

매일 저녁 습관적으로 휴대폰을 통해 SNS를 확인한다. 여러 SNS를 보다 보면 새벽이 될 때도 있는데, 늘 일찍 자자고 다짐하지만 거의 매일 '조금만, 조금만' 하다가 밤 시간을 다 보낸다. 매일 잠을 제대로 못 자서 항상 피곤하다.

4부 지구가 울고 있다

활동 1

|176~177쪽|

○ 우리는 다양한 '소비' 활동을 통해 의식주를 해결하며 살아갑니다. 그러나 무분별한 소비는 자연에 악영향을 미치고, 결국에는 자연 속에서 살아가는 우리의 생존을 위협하게 되지요. 의식주를 둘러싼 나의 소비 습관을 돌아보며 아래 활동에 참여해 봅시다.

❶ 나는 주로 언제, 어디에서, 어떤 옷을 어떻게 구매하는지 적어 봅시다.

- **언제:** 계절이 바뀔 때, 학기가 시작할 때
- **어디에서:** 백화점이나 쇼핑몰에서
- **어떤 옷을:** 직접 입어 보고 구매한다.

❷ 분리배출, 분리수거, 재활용의 차이를 조사하여 적어 봅시다.

- **분리배출:** 쓰레기를 종류별로 나누어서 버리는 일
- **분리수거:** 종류별로 나누어서 버린 쓰레기를 거두어 가는 일
- **재활용:** 다 쓴 물건을 버리지 않고 다른 용도로 바꾸어 쓰거나 고쳐서 다시 쓰는 일

❸ 비거니즘(veganism)이란 무엇인지 조사하여 적어 봅시다.

비거니즘이란 채식을 넘어 모든 동물 착취에 반대하는 생각을 의미한다. 채식 위주의 식습관과 더불어 가죽 제품, 양모, 오리털, 동물 화학 실험을 하는 제품 등 동물 착취 제품 사용을 피하는 개념도 포함한다.

❹ 최근에는 자연과 더불어 살아가기 위한 주거 환경 조성을 위해 다양한 건축 방법이 시도되고 있습니다. 친환경 주거, 친환경 건축에 대해 조사하여 적어 봅시다.

친환경 주거, 친환경 건축이란 집을 주변의 자연과 조화롭게 조성하는 것을 의미한다. 재생 가능한 에너지인 태양광, 지열, 풍력으로 에너지를 생산하는 주택이 한 예이다. 주택 자체의 단열, 환기, 자연광 시스템으로 에너지 효율을 높이는 주택도 친환경 건축으로 지어진 집이라고 할 수 있다.

활동 2
|77~83쪽|

○ 활동 1에서 나의 소비 습관을 점검하고 자연을 지키기 위한 다양한 생각을 살펴보았습니다. 개인이 자연을 지키기 위해 노력하는 것도 중요하지만, 한 사람의 노력만으로는 자연을 온전히 지킬 수 없습니다. 우리가 누리는 일상 속에서 자연을 함께 지키는 방법을 고민하고, 이를 누구에게 어떤 주제와 형식으로 전달할지 고민하여 글을 작성해 봅시다.

주제	☐ 자연을 지키는 옷 소비 및 활용 방안
	☑ 자연을 지키는 식문화 만들기
	☐ 자연을 지키는 주거 환경 조성하기
	☐ 기타( )

| 형식 | ☐ 시 ☐ 소설 ☐ 수필 ☑ 주장하는 글 |
| | ☐ 기타( ) |

| 독자 | ☑ 모든 사람 ☐ 정치인 ☐ 기업인 ☐ 선생님 ☐ 친구 |
| | ☐ 기타( ) |

자연을 지키는 식문화를 만들기 위해서는 우리의 식탁에 오른 음식이 어디에서 어떻게 왔는지 인식할 필요가 있다. 식품을 제조하고 운송하는 과정에서 다량의 탄소가 배출되어 기후 위기를 초래하기 때문이다.

만약 거주 지역에서 재배된 제철 식재료를 먹는다면, 식자재 운송으로 인한 탄소 배출을 감소시킬 수 있다. 육류 소비를 줄이는 것 또한 가축이 내뿜는 온실가스와 농장 운영을 위한 자원 낭비를 줄이는 효과적인 방법이다.

이처럼 내가 매일 선택하는 한 끼가 자연을 보호하는 큰 힘이 될 수 있다.

중1

국어 교과서 수록
작품 보기

10종 중학교 국어 교과서 1-1, 1-2 수록 작품 보기

| 시 |

작가	작품	수록 교과서
공광규	새싹	비상(박현숙) 1-1
권오순	구슬비	비상(박영민) 1-2
권태응	산 샘물	천재(정호웅) 1-1
김광섭	저녁에	천재(노미숙) 1-2
김봉군	돌담장의 안녕	해냄에듀(강양희) 1-1
김선우	한 송이 말의 힘	미래엔(신유식) 1-2
김선우	맨드라미	해냄에듀(강양희) 1-1
김소월	엄마야 누나야	해냄에듀(강양희) 1-1
김영롱	삼촌	해냄에듀(강양희) 1-1
김용택	콩, 너는 죽었다	창비교육(이도영) 1-2
김유진	나비잠	미래엔(신유식) 1-2
김은영	볼	미래엔(신유식) 1-2
김종상	길	미래엔(신유식) 1-1
김준현	우리 둘이	지학사(서혁) 1-1
나태주	별	미래엔(신유식) 1-1
나태주	별밤에	창비교육(이도영) 1-1
나태주	사랑에 답함	미래엔(신유식) 1-1
나태주	풀꽃	지학사(서혁) 1-1, 해냄에듀(강양희) 1-2
나희덕	하늘의 별 따기	천재(노미숙) 1-1

작가	작품	수록 교과서
문정희	겨울 사랑	비상(박영민) 1–2
문현식	비밀번호	동아(남궁민) 1–1
박두진	해	미래엔(민병곤) 1–1
복효근	세상에서 가장 따뜻했던 저녁	천재(정호웅) 1–1
서장원	봄비	미래엔(신유식) 1–1
성명진	빗길	미래엔(신유식) 1–1
성미정	후후후	미래엔(민병곤) 1–1
심후섭	봄비	지학사(서혁) 1–1
안도현	연탄 한 장	해냄에듀(강양희) 1–1
오규원	3월	동아(남궁민) 1–1, 비상(박현숙) 1–1, 천재(노미숙) 1–1, 천재(정호웅) 1–1
오세영	유성	지학사(서혁) 1–1
윤동주	새로운 길	동아(남궁민) 1–1, 비상(박영민) 1–1
윤동주	반딧불	미래엔(민병곤) 1–1
윤동주	나무	미래엔(민병곤) 1–1
윤동주	햇비	미래엔(신유식) 1–1
윤선도	오우가	지학사(서혁) 1–1, 천재(노미숙) 1–1, 천재(정호웅) 1–1, 해냄에듀(강양희) 1–1
이문구	송사리	천재(정호웅) 1–2
이문자	석류 이야기	미래엔(민병곤) 1–1
이성선	사랑하는 별 하나	미래엔(신유식) 1–1, 비상(박현숙) 1–1

작가	작품	수록 교과서
이옥용	넌 어느 쪽이니?	미래엔(신유식) 1-2
이준관	딱지	천재(노미숙) 1-2
이해인	상처의 교훈	미래엔(민병곤) 1-1
이해인	나를 키우는 말	미래엔(신유식) 1-2
장철문	거꾸로 말했다	동아(남궁민) 1-1
정현종	들판이 적막하다	비상(박영민) 1-2
정현종	비스듬히	비상(박현숙) 1-2
조재도	자물쇠가 철컥 열리는 순간	지학사(서혁) 1-2
조재도	큰 나무	천재(정호웅) 1-1
최대호	살 만한 것	미래엔(신유식) 1-1
홍랑	묏버들 가려 꺾어	비상(박현숙) 1-1

| 소설 |

작가	작품	수록 교과서
정영애	바보 사또	미래엔(민병곤) 1-2
조우리	커튼콜	해냄에듀(강양희) 1-1
지은이 모름	복 타러 간 총각	비상(박영민) 1-2
지은이 모름	아기 장수 우투리	해냄에듀(강양희) 1-1
지은이 모름	아기 장수 우투리	해냄에듀(강양희) 1-1
진형민	멍키 스패너	지학사(서혁) 1-2, 창비교육(이도영) 1-1, 천재(정호웅) 1-1, 비상(박현숙) 1-2

작가	작품	수록 교과서
프란시스코 지메네즈	껍질을 벗다	동아(남궁민) 1-1
허균	홍길동전	동아(남궁민) 1-2, 미래엔(민병곤) 1-2, 비상(박영민) 1-2, 미래엔(신유식) 1-2
현덕	하늘은 맑건만	비상(박현숙) 1-1, 지학사(서혁) 1-1, 창비교육(이도영) 1-2, 천재(정호웅) 1-2, 해냄에듀(강양희) 1-2
황선미	마당을 나온 암탉	해냄에듀(강양희) 1-2
황순원	소나기	동아(남궁민) 1-1, 미래엔(민병곤) 1-1, 천재(노미숙) 1-1
황유미	피구왕 서영	해냄에듀(강양희) 1-2

| 수필 |

작가	작품	수록 교과서
노진호	나는야 호모 미디어쿠스	천재(정호웅) 1-2
도원영 외	말의 무서움을 일찌감치 깨달았던 선조들	동아(남궁민) 1-1
류혜인	지금 행복하자고 하면서 왜 미래에 집착할까	동아(남궁민) 1-2
마틴 루서 킹	나에게는 꿈이 있습니다	비상(박영민) 1-2
박경화	토종 씨앗의 행방불명	동아(남궁민) 1-2
박상국	오랜 세월 보물을 지킨 장경판전	천재(정호웅) 1-1
박정호	마트에 가면 왜 9,900원짜리 물건이 많을까	동아(남궁민) 1-2
박준	운다고 달라지는 일은 아무것도 없겠지만	해냄에듀(강양희) 1-1

작가	작품	수록 교과서
법정 스님	법정 스님의 내가 사랑한 책들	해냄에듀(강양희) 1-1
석동연	오늘부터, 처음 텃밭 가꾸기	창비교육(이도영) 1-2
성석제	선물	동아(남궁민) 1-1
성석제	어느 날 자전거가 내 삶 속으로 들어왔다	해냄에듀(강양희) 1-1
성해인	지구에 옷이 쌓인다, 패스트 패션	비상(박현숙) 1-1
손성주	천 원	지학사(서혁) 1-2
송인현	지역마다 다른 탈춤의 이름	미래엔(신유식) 1-1
신방실, 목정민	꿀잠이 중요해요	동아(남궁민) 1-1
신인철	아이들은 어른보다 추위를 덜 탈까	비상(박현숙) 1-2
심선아	즉석식품 섭취를 줄이자	동아(남궁민) 1-2
안광복	시계는 어떻게 달력을 이겼을까	창비교육(이도영) 1-2
알랭 드 보통	달콤한 광고의 꼼수	미래엔(신유식) 1-2
앨런 앳키슨	얼마만큼이 충분한가	해냄에듀(강양희) 1-2
양은우	스마트폰은 나의 뇌에 어떤 영향을 미칠까	비상(박현숙) 1-1
오소희	부딪치면서 배워요	천재(정호웅) 1-1
옥현진	상호 작용적 매체로 소통하기	창비교육(이도영) 1-1
이규보	집을 수리하고 나서	동아(남궁민) 1-2
이기주	내 말은 다시 내게 돌아온다	미래엔(신유식) 1-2
이문구	열보다 큰 아홉	비상(박현숙) 1-1
이미향	언어에는 문화가 깃든다	동아(남궁민) 1-1
이비에스(EBS) 오디오 콘텐츠팀	아름다운 별똥별의 비밀	비상(박영민) 1-2
이상국	웃기는 짬뽕, 웃기는 짜장면	천재(노미숙) 1-2

작가	작품	수록 교과서
이수형	쓰기 윤리에 대하여	천재(정호웅) 1-1
이시야 카트얄	더 나은 미래를 만들기위해 현재에 충실하기	미래엔(신유식) 1-1
이어령	검색이 아니라 사색이다	동아(남궁민) 1-2
이주은	내가 버린 옷은 어디로 갈까	지학사(서혁) 1-2
이지선	모든 치킨은 옳을까?	동아(남궁민) 1-1, 해냄에듀(강양희) 1-2
이해인	잘 준비된 말을	창비교육(이도영) 1-1
장영희	괜찮아	동아(남궁민) 1-1
전수경	부정적인 감정에 사로잡힌 나에게 가장 필요한 것은	천재(노미숙) 1-1
정나라	학교에도 돌봄 식물이 필요해요!	지학사(서혁) 1-2
정민	보이는 것이 전부가 아니다	천재(정호웅) 1-2
정약용	'근'과 '검' 두 글자를 유산 으로	미래엔(신유식) 1-2
정용주	사람답게 살 권리, 인권	동아(남궁민) 1-1
정한데로	새말, 사회와 문화를 담다	비상(박영민) 1-1
최낙언	우리는 왜 매운맛에 빠질까	지학사(서혁) 1-1
하지현	감정 연습을 시작합니다	미래엔(민병곤) 1-2
한국수목원정원관리원 시드볼트운영센터	식물의 미래를 지키는 시드볼트	미래엔(신유식) 1-1
한아리	할아버지의 엄마 나무	비상(박영민) 1-1
한현미	공간이 우리의 삶을 만든다	비상(박영민) 1-1